Christian Gailly

Bebop

Christian Gailly

Bebop

Aus dem Französischen von Astrid Wintersberger

Luchterhand

Die Originalausgabe erschien 1995
unter dem Titel *Be-bop* bei Minuit, Paris.
Die Übersetzung wurde vom
französischen Kultusministerium
gefördert.

1 2 3 99 98

Satz: Greiner & Reichel, Köln
Druck und Bindung: Clausen & Bosse, Leck

Printed in Germany
ISBN 3-630-86981-5

Für E. J.

1

Entsorgungsuntern.
Industriegebiet
Sucht jg. Herrn m. abgel. Militärd.
Pumparb. Führersch. Kl. II
Tel. Terminvereinb.

1.1

So, wie er da sitzt in einer Ecke seines Zimmers, zwischen dem Heizkörper und dem Fenster, den Kopf im Vorhang, könnte man meinen, von hinten, er würde trotzen oder weinen, den Affen machen oder sich schütteln vor Lachen, sich vor Schmerzen winden, nichts davon, er spielt Altsaxophon, den Schalltrichter am Vorhang, das dämpft den Ton.

Es ist sehr früh morgens, und er improvisiert gerade auf Loverman, ein Schlager, geeignet oder geschaffen, selbst die müdesten Ohren auf Trab zu bringen, es wirkt schon, der Nachbar ist auf Trab und pocht gegen die Wand, das Geklopfe weckt ihn auf, er stellt sein Spiel ein, sein Spiel einstellen ist dasselbe wie aufwachen, auch spielen ist wie aufwachen, es ist auch so wie einschlafen, kurz gesagt, er wacht sehr früh morgens auf, um zu spielen, er spielt sehr früh morgens, denn morgens früh spielt er gut, sehr früh morgens spielt er sehr gut, auch sehr spät abends, er spielt auch sehr spät abends sehr gut, im übrigen ist ja sehr früh morgens und sehr spät abends dieselbe Stunde, dieselbe Stimmung.

Er hängt sein Sax aus, nimmt den Riemen ab, holt den Verschluß aus seiner Tasche, stülpt ihn über den Schnabel, das erinnert ihn an die Kappe, die man über einen Falkenkopf stülpt, und Basile, das ist sein Name, nein sein Vorname, sein Name ist Lorettu, fragt sich, ob es wohl das erste Mal ist, daß er daran denkt, was den Schnabel des Saxophons mit einem Falkenkopf verbindet und mit der Jagd, der Jagd worauf?

Er dreht sich um, wirft es aufs Bett, das Bett steht neben dem Fenster, alles steht neben dem Fenster, es ist nicht viel Platz, auf dem Bett macht das Saxophon einen Satz, er sieht ihm zu, er kann es ganz plötzlich nicht mehr ertragen, das kam schon öfter mal vor.

Es ist ganz einfach: Wäre es ein Falke, der sich auf schwächere Vögel stürzt, auf langsamere, die schwächer sind, weil sie langsamer sind, würde er ihm den Hals umdrehn.

Er packt es, dreht ihm den Kragen um, trennt den Kopf vom Körper, den Körper vom Kopf, räumt auf, legt Kopf und Körper in den Koffer, schließt den Koffer, schon tut es ihm leid, ihn geschlossen zu haben, leidvoll sieht er es wieder vor sich, ziseliert, nein graviert, würde es gern wieder vor sich sehen, nein, nichts, das gelbe Metall, ein roter, samtener Grund, schimmernde Klappen.

2.1

Er hüpft die Stufen hinunter wie ein Ball, der einem entkommt, wenn man ein Knirps ist, das liegt an seinen Sportschuhen mit Luftkammer, mit luftgepolsterten

Sohlen, mit Pumpen, mit Druckluft, er hat sie gekauft, nein, darauf gehen wir später ein.
Draußen an der frischen Luft, der freien, fährt er sich mit der Hand übers Gesicht, überallhin, grübelnd, als fragte er sich, wohin das alles führen wird, reibt sich die Wangen, die Stirn, das Kinn wie jemand sehr Müder, der sich das Gesicht reibt, es tut gut, eine Hand auf seinem Gesicht zu spüren, auch wenn's die eigene ist, tatsächlich: Wenn man so groß ist, daß man kein Kind mehr ist, berührt einen niemand mehr im Gesicht, das ist schade, nicht?, als wollte er nicht nur die Müdigkeit vertreiben, sondern noch etwas anderes, vielleicht sein Kindergesicht, oder auch: als wollte er sich vergegenwärtigen, daß er trotz allem ein Gesicht hat, sein heutiges, mit einer Stirn, mit Wangen, er fühlt seinen Bart, sagt sich, vielleicht muß ich mich irgendwem präsentieren, geht wieder hinauf, um sich zu rasieren.

3.1

Beim Rasieren. Er sieht hinten im Spiegel den Koffer auf dem Bett. In dem Koffer stellt er sich das Sax vor, nein, er tut mehr, als sich's vorzustellen, er sieht das Sax ganz genau im geschlossenen Koffer, braucht sich den nicht offen vorzustellen, er sieht ihn offen.

Er sagt sich, ich sollte vielleicht aufhören, so zu spielen wie er, korrigiert sich, sagt sich, ich sollte vielleicht aufhören zu versuchen, so zu spielen wie er, sagt sich, ich sollte versuchen, anders zu spielen als er.

Na, und ich kann ja nicht mein Leben, ich sage mein Leben, meine Zeit, sagen wir meine Zeit, damit verbringen, ihn zu, er wagt es nicht, das Wort auszusprechen, er wagt nicht mal, es zu denken, und doch hat er's gedacht, und genau deshalb wagt er nicht, es auszusprechen, gut, er hat's gedacht, ich habe es gedacht, sagt er sich, also soll er's schon sagen.

Er sagt es. Ich kann meine Zeit nicht damit verbringen, ihn nachzuahmen, schlimmer als das, ihn zu kopieren, noch viel schlimmer, ihn zu plagiieren, das ist eine Schande, obwohl ja, sag schon, sag schon, spuck aus, was du denkst.

Ich denke, sagt er sich, daß es vielleicht besser ist, einen ganz Großen wie Charlie (Parker) zu kopieren, als zu versuchen, selbst ein Großer zu sein, und dann geht man ein, weiter so, man könnte also – anders ausgedrückt – sagen, man bleibt klein?, es ist also – anders ausgedrückt – immer noch besser, der Abklatsch eines Großen als selbst ein Niemand zu sein?, ich möchte Charlie sein oder nichts, da passiert's, er hat sich verletzt.

Das rinnt wie blöd... Was hat sein Blut bloß so blödsinnig zu rinnen? Er nimmt ja schließlich keine blutgerinnungshemmenden Mittel. Er ist doch hoffentlich nicht hämophil? Was heißt denn das, hämophil? Wer so viel davon hat, daß er's laufen läßt? Nein, es liegt sicher an seinem Kopf. Das Blut war ihm in den Kopf gestiegen. Ganz voll, der Kopf, ein Blutstau, genau, ein Blutstau, ich habe zu lang ins Sax geblasen, sagt er sich vor dem Spiegel.

Na, und der Vorhang, der den Schalltrichter verstopft, da muß man kräftiger blasen, aber zugleich erzeugt das einen Klang, wie soll ich sagen, bemüh dich nicht, ein Tropfen rinnt vom Kinn, fällt auf das T-Shirt, da hast du's, jetzt mußt du das T-Shirt wechseln, das andere ist schmutzig, aber fleckenfrei.

Streift's über und sagt sich, ach nein, kein Geld, der Hunger quält, kein müder Schein, nur ein lumpiges 10-Franc-Stück, gerade genug zum, und dann wird man sehen, er hat alles gesehen, ich muß etwas finden, sagt er sich, er muß etwas finden zum, aber zuerst etwas essen, ein Croissant, eine Stulle, ach nein, dafür reicht's nicht, bloß einen Kaffee, und die Zeitung?, klar doch, die Zeitung hab ich vergessen. Er hat sich ein Pflaster drübergeklebt.

4.1

Als er an der Kirche vorbeigeht, betrachtet er die betrübten Gesichter der beiden Heiligen, die direkt auf die Fassadenmauer gemalt wurden, auf die Frontmauer, den Fronton, nein, das Frontispiz?, wie auch immer, kommen wir, bitte höflichst, auf die Heiligen zurück. Wenn's überhaupt Heilige sind oder sein sollen. Doch, doch, klar doch, das da sind schon Heilige, sonst gäbe es ja keinen Grund, sonst sähe er ja keinen Grund, daß man sie hier auf beide Seiten der Tür, des Tores hingefreskt hätte. Wie dem auch sei, der betrübte Blick der beiden Heiligen bringt ihn zum Lachen, zum Kichern, innerlich, er sieht sich selbst mit dem Bart, den langen Haaren, dem betrübten Blick.

Er hat blonde Haare, einen Bürstenschnitt wie Mulligan, er sieht Gerry Mulligan ähnlich, das weiß er, das hat man ihm schon gesagt, er weiß auch, daß Mulligan jetzt lange Haare hat, einen Bart, er sieht also aus wie Mulligan zu jener Zeit, als Mulligan noch ganz jung war, bartlos, in T-Shirt und Jeans.

Ich hätte Bariton spielen sollen, sagt er sich, Bariton ist schön, das heißt, er ist schön, wenn er von Mulligan gespielt wird, und ich, wenn ich Bariton gespielt hätte, hätte sicher versucht so zu spielen wie Mulligan, wenn es also darauf hinausläuft, daß ich Bariton wie Mulligan spiele, sagt er sich, spiele ich lieber weiterhin Alt wie Charlie (Parker), er korrigiert sich, sagt sich, dann versuche ich lieber weiterhin Alt zu spielen wie Charlie (Parker), so zu klingen, so zu phrasieren, bis ich es satt hab, bis ich Lust hab, nein, ich werde nie Lust haben, warum sollte ich Lust haben, hm?, warum sollte ich Lust haben?, ich mag ihn, den Knaben, ich bin glücklich mit ihm, ich möchte nicht tauschen, ich bin glücklich, wie's ist, und überhaupt: Bis es mir gelingt, so gut zu spielen wie er, sagt er sich und geht durch die kleine Gasse, schiebt die helle Morgenluft vor sich her, glaubst du, nein, aber es ist nett, eine sanfte Stimmung, lautlos fast, man könnt sich erhängen, der reinste Traum, ein rosaroter Traum, stellenweise etwas gelb, hin und wieder hoffnungsgrün.

5.1

Er wäre lieber schwarz gewesen, nicht sehr groß, mit einem leichten Schmerbauch, Alkoholiker, drogensüchtig, sterbenskrank, Amerikaner. Er ist nicht sehr groß. Er trifft auf dem Platz des Reichsgenerals ein.

Der General ist riesig und dünn, mit abwesendem Blick wie Cécile. Cécile ist eine große, sehr elegante Frau, die Lorettu eines Abends bei Fernand kennengelernt hat, an einem Abend, als er bei Fernand im Quintett spielte. Fernand ist der Bursche, der die Kneipe dort drüben am Platz betreibt, eine Kneipe, die sich unverschämterweise Bird nennt. Auch Fernand steht irre auf Parker (Charlie), aber nicht nur, er mag auch schrecklich gern Coltrane.

Lorettu sagt sich, jetzt kauf ich die Zeitung, und dann geh ich zu Fernand Kaffee trinken, wenn er offen hat, er hat offen, der Rolladen der Kneipe ist schon oben.

6.1

Beim Kaufmann, der Kauffrau, es ist eine weibliche Person, nimmt Lorettu die Zeitung, legt seine zehn Francs hin, nimmt sein Wechselgeld, aber statt sich zu verziehen – jeder andere würde jetzt gehen –, bleibt er vor der Frau wie angewurzelt stehen, er hat Lust, ein wenig mit der Frau zu reden, doch die Frau ist nicht freundlich, und im Laden riecht's nach Tinte, nach Papier und nach Staub, übrigens hat er gar keine Lust zu reden, warum sagte ich, er hätte Lust zu reden?, vermutlich weil ich Lust zu reden hatte, nein, er hat keine Lust zu reden, er möchte bloß den Klang der Stimme der Frau hören, und sei es auch nur danke, auf Wiedersehen, mein Herr, nicht mal das, auf Wiedersehen, junger Mann, das würde ihn nicht stören, und im Lauf dieser Zeit vergehen die Sekunden, mindestens drei, das ist viel, wenn man sich ängstigt, die Frau ängstigt sich, sie wagt es nicht, ihn zu fragen, ob er noch einen Wunsch hat, sie erwartet, daß er geht, sie sieht das Pflaster auf Lorettus Wange, sagt sich, der hat sich geprügelt, der Range, mich läßt er in Ruh, er hat Schläge verteilt und hat welche gekriegt, zum Verteilen, zum Kriegen muß man gemacht sein, das muß einem liegen.

Ich hab mich geschnitten, sagt Lorettu. Er löst sein Pflaster ab. Die Frau verzieht das Gesicht, schließt die Augen. Er hat sich ja eine ganz schöne Wunde zugezogen. Er klebt sein Pflaster wieder an. Die Frau sieht nach draußen, sucht draußen etwas mit dem Blick. Lorettu dreht sich um, sieht auch nach draußen, dorthin, wohin die Dame blickt. Die Sonne legt Glanz in die Pupillen des Generals, läßt seinen Backenbart hervortreten, streicht ihm Pomade ins lockige Haar.

7.1

Was ist denn mit dir passiert? fragt Fernand. Ich hab mich geschnitten, sagt Lorettu und erwartet, daß Fernand sich erkundigt, wie denn das. Er täuscht sich nicht. Wie denn das? fragt Fernand und erwartet, daß Lorettu ihm sagt, beim Rasieren, mit der Klinge. Er täuscht sich nicht. Beim Rasieren, mit der Klinge, sagt Lorettu.

Fernand hat einen Libanesenkopf, ein Mofa und Tag für Tag einen Dreitagebart. Das Band, das er um den Kopf gebunden trägt, läßt ihn wie einen Free-Jazz-Altisten aussehen. Er wirkt ein bißchen wie Ornette. Er ist aber ganz und gar kein Altist. Alt liebt er zwar, doch Tenor zieht er vor.

Zur Zeit kreist, wie zumeist, auf dem Plattenspieler hinter der Theke, neben der Kaffeemaschine, machst du mir einen Kaffee?, eine alte schwarze Scheibe mit orange-rötlichem Etikett, Coltrane, und Lorettu, den Müden, Hungrigen, schaudert's, das durchbohrt ihm den Schädel, seine Haut wird feucht vom kalten Schweiß, den Wurzeln seiner blonden Bürste wird kalt, ein Klang wie der, ein Swing wie der, muß man schon sagen, kopiert sich nicht leicht, er hat's versucht und nie erreicht, also bringst du ihn mir nun, den verdammten Kaffee?

Sofort, sofort, sagt Fernand. Er sagt es zweimal, nicht zweimal sofort, sondern zweimal sofort, sofort. Sofortsofort, sofort-sofort. Das ergibt einen Takt, der Lorettu an den Beginn eines Satzes in einem der mittleren Beethoven-Quartette erinnert, aber in welchem? Fernand kann ihm nicht helfen, Nassoy ebensowenig.

Nassoy ist auch da, sein langes Gestell hängt über die Theke, überflüssig, ihn zu fragen, was sollte man ihn auch fragen?, ob ihn talatala an etwas erinnert?, woran könnte das Nassoy schon erinnern?

Nassoy ist ein großer Dünner mit kaputter Nase und Heftpflaster um die Fingerspitzen. Wenn er lächelt, was selten vorkommt, hat er das netteste Lächeln der Welt, und im Augenblick genügt es sichtlich, seine Hüfte, seine riesige Hand, seinen viereckigen Kopf anzusehen, mit den Augen, die bei den leichten Takten zwinkern, nein, überflüssig, ihn zu fragen, er hört dem Schlagzeuger und dem Bassisten zu, vor allem dem Bassisten, Nassoy ist Bassist.

Fernand, seinerseits, klopft den Kaffeefilter an den Abfalleimerrand und sagt zu Lorettu, du bist aber früh auf heut früh. Man kann nur in der Früh früh auf sein, sagt Nassoy. Ja, ja, ja, sagt Fernand, komm, ich weiß schon, was ich meine, Basile auch, nicht wahr, Basile?

Lorettu hört nicht zu, er überlegt immer noch, in welchem Quartett er das Sofort-sofort gehört hat, bis er die Untertasse auf die Theke, dann die volle Tasse auf die Untertasse, dann den Löffel an den Rand der Untertasse schlagen hört.

Ich geh schlafen, sagt Nassoy. Salut, sagt Fernand und legt den Zucker auf den gegenüberliegenden Rand der Untertasse. Salut, Basile, sagt Nassoy. Lorettu gibt Nassoy ein Zeichen und zieht sich dann mit seinem Kaffee, seiner Zeitung in den hinteren Teil der Bar zurück.

8.1

Rechtsanwalt Vergès soll im geheimen Auftrag von Carlos gehandelt haben. Die UNO möchte die Geburtenkontrolle verstärken. Elias Canetti oder das Territorium der Menschen. Wer soll'n das sein, Canetti? Lorettu spielt einen Augenblick mit dem Gedanken, Fernand zu fragen, aber Fernand. Er sieht ein wenig aus wie Ornette Coleman. Er schreibt gerade etwas auf einen Block, Rechnungen vermutlich, oder Bestellungen, Einkäufe, die zu erledigen sind.

Die französischen Soldaten werden nicht einen Tag länger in Ruanda bleiben. Die Blauhelme in Ghana haben begonnen, die Marines zurückzuziehen. Lorettu hebt den Kopf, sieht Fernand an, ruft ihn, fragt ihn: Bei der Armee, die »Marines«, was ist das genau? Keine Ahnung, sagt Fernand, Seeleute, Marine-Infanteristen, keine Ahnung, Seeleute, bestimmt Seeleute. Nein, weil ich, sagt Lorettu. Fernand hört nicht mehr zu.

Sri Lanka. Die Linke wird sich mit den gewählten Minderheitenvertretern verbünden müssen. Laos. Die traurige Irrfahrt der Miao-Flüchtlinge. Lorettu hebt den Kopf, nein, nichts, er hat sicher keine Ahnung. Contrex-Werbung. Mein Schlankheitspartner.

Der Papst sollte nach Sarajevo fahren. Die bosnischen Serben wollen die UNPROFOR erpressen. Polen. Streit um die Nominierung eines ehemaligen Kommunisten. Frankreich. Lorettu hat Hunger. Ein junger Wahl-Savoyer wagt es nicht, Fernand um ein Croissant zu bitten oder um etwas anderes, ein Stück Brot, eine Stulle, auch ohne Butter. Spenden Sie. Bankkonto, PSK-Konto, SOS-Caritas, und um die Sache noch undurchsichtiger zu machen, schreiben Sie: BTX 3615 0212 Kennwort Stulle.

Nicaragua. Sieg eines ehemaligen Rebellen. Die Revolution ist nicht tot. Halt die Klappe. Geschlagen wie immer, verhöhnt wie üblich, verraten, das versteht sich von selbst, aber nicht tot. Hältst du endlich die Klappe? Das wär doch gelacht. Wirst du sie wohl halten? hm? wirst du sie halten? (ein paar Knüppelhiebe ins Gebiß), das wär's, er hält die Klappe, Sie können fortfahren, verzeihen Sie.

Charles Pasquas inoffizielle Diplomatie. Schmuggel von radioaktivem Material. Erste Goldmedaille für die Verfolgungsfahrerin. Was ist das, eine Verfolgungsfahrerin? sagt Lorettu. Du gehst mir auf die Eier, sagt Fernand, wenn du nichts verstehst von dem, was du liest, dann stell das Lesen ein, was machst du überhaupt mit der Zeitung da?

Lorettu antwortet nicht, er möchte nicht, daß Fernand ihn verarscht, er möchte Fernand nicht sagen hören, da siehst du's nun, so, wie man sagt: Du hältst dich wohl für schlauer als die anderen. Dazu nur eins. Lorettu hat immer die Ansicht vertreten, gegenüber Nassoy zum Beispiel, der nächtens malocht, daß er es schon schaffen würde mit den Bällen und den Banketten, den Kommunionen, den Hochzeiten, den Taufen, den Beerdigungen im New-Orleans-Stil.

Musik. Rücktritt des Pariser Operndirektors. Lorettu sagt, die Oper ist mir Wurscht, Paris ist mir Wurscht, Wurscht ist mir auch der Typ von vorhin, wie hieß er noch, der, Canetti, ganz richtig, den mein ich. Fernand sagt zu ihm, was sagst du? Lorettu sagt nichts und blättert um.

Theater. Shakespeare und Hiroshima. Wirtschaft. Die Emanzipation der Frau müßte dazu verhelfen, das demographische Wachstum zu verringern. Jetzt hat er's satt, Schluß mit dem Verzögern, Schluß mit dem Hinausschieben, es muß vorangehen, er blättert, blättert, stößt auf die Angebote, liest, diese Stelle da, denkt er sich, hoppla, sagt nichts, schließt das Blatt, faltet es, steckt es ein und bewegt sich dem Ausgang zu. Fernand fragt ihn: Sieht man dich sonntags im Kloster?

9.1

Seine Sportschuhe mit Luftpölsterchen, die Rap-Variante der Windsohlen Rimbauds, hat Lorettu einem Typen abgekauft, weil ihm der Typ leid tat, so ist er eben, der andere war anders, er hatte sie bestimmt geklaut, aber was soll's. Die Sonne scheint auf den Platz. Zwei hintereinanderfahrende Autos bremsen jäh. Ach, mein

Herz. Lorettu tut das Herz so weh. Die Sonne tut seinem Herzen weh. Er hebt den Kopf, um diese Sonne, die seinem Herzen weh tut, schief anzusehen. Ach, mein Kopf. Er hält sich den Kopf und bleibt im Schatten unter der Statue stehen.

Der General blickt gedankenverloren in die Ferne, und was für eine Ferne, als denke er weit über die Sterne hinaus, frage sich, und dann?, ist es möglich, daß sich da nichts befindet?, gib es auf, nein, dann nähme die Leere ja überhaupt kein Ende?, one more, dann hörte die Leere also nirgends auf?, dann könnte man dahinsausen, dahinsausen, geradeaus, ohne je auf etwas anderes zu stoßen als die Leere?, kann das tatsächlich möglich sein?

Lorettu tritt aus dem Schatten. Er geht auf die lange Brüstung vor dem See zu. Der Platz liegt am höchsten Punkt der Stadt und grenzt seeseitig an Leere. Die Bänke vor der Brüstung scheinen zu sitzen. Er läßt sich auf eine Bank fallen. Zu seinen Füßen erahnt er die Leere, klein im Vergleich zur anderen, aber trotzdem Leere, doch es geht, er erträgt's dank seiner Augen, die nach vorn blicken. Solange er die Augen nicht senkt, geht es. Er senkt sie nicht. Er blickt in die Landschaft. Man muß schon sagen, diese Landschaft. Von der werden wir noch hören.

Von diesem Ort aus kann man herrschen. Nein, es ist die Landschaft, die uns beherrscht, die unendliche Weite des Sees, die Berge, das ist wirklich schön. Alles ist bläulich, rosa, blaßgelb, sanft grün. Das alles liegt im Dunst, aber der Dunst ist so schwach, daß er Schleier erkennen läßt, Wattebäusche, bläuliche Wolltuffs, da und dort ein wenig vergilbt, hin und wieder leicht grün.

Er zieht seine Zeitung aus der hinteren Jeanstasche, faltet sie auseinander, schlägt die gewisse Seite auf, beugt sich darüber. Er ist ein Junge, der sich über eine aufgeschlagene Zeitung beugt, ein blonder Typ mit offenen Armen, der sich über eine Zeitung beugt, nochmals eine Annonce liest, überlegt.

Ein altes Ehepaar setzt sich auf dieselbe Bank, neben ihn, ganz nah zu ihm, es gibt noch andere Bänke, aber gut, lassen wir's. Er vernimmt einen seltsamen Geruch, wendet den Kopf, sieht die Alten an.

Die Alte hat ein konisches oder pyramidenförmiges Paket auf den Knien. Sie zieht an der Schleife, löst den Knoten, öffnet das Paket. Auseinandergefaltet ist das blaue Papier nichts als ein ordinäres großes Quadrat. Auf dem kleinen, das vorher den Fuß der Pyramide bildete, befindet sich ein Pappendeckel mit hochgebogenen Rändern. In dem Karton zwei Cremeschnitten, eine dritte darüber.

Die Alte gibt dem Alten eine Cremeschnitte, nimmt sich die zweite, nein, legt sie wieder zurück, weil ihr klar wird, daß sie, wenn sie jetzt zugreift, nicht mit der linken Hand allein das große Papier mit der dritten Cremeschnitte in der Mitte des Kartons – nein, eben nicht in der Mitte, sondern exzentrisch versetzt und somit den Deckel aus dem Gleichgewicht bringend, obwohl es ein fester Karton ist, durchbricht das seine Festigkeit –, daß sie also nicht das große Papier schön flach auf der Bank neben sich abstellen kann, zu ihrer Linken, außerhalb von Lorettus Sichtweite, sie legt also mit zwei Händen das geöffnete Paket zu ihrer Linken auf die Bank, greift wieder nach ihrer Cremeschnitte, führt sie an den Mund, öffnet den Mund, fährt mit der Cremeschnitte zurück, betrachtet schielend das eine Ende, schließt den Mund wieder und wendet sich dem Alten zu.

Der untersucht die seine, zögert hineinzubeißen, sieht die Alte an. Sie hat noch nicht angefangen, sie sieht ihn an. Beide sehen einander an. So iß doch, sagt die Alte. Na und du? sagt der Alte. Er kichert, wendet sich Lorettu zu.

Lorettu blickt auf die Cremeschnitte, dann auf den Alten, hält sich noch ein wenig zurück, dann sagt er: Geben Sie mir ein kleines Stück davon?, fängt sich wieder und sagt: Entschuldigen Sie, das wollte ich nicht sagen, tun Sie so, als hätte ich nichts gesagt, kümmern Sie sich nicht um mich, ich geh schon, dann können Sie in Ruhe essen, ich persönlich hasse es, wenn man mir beim Essen zusieht, aber ich hab Ihnen nicht zugesehen, ich hab einfach nur so den Kopf gedreht, ich wollte gerade gehen, ich wollte los, wie es die Leute tun, wenn sie aufstehen, er steht auf, ich wollte Sie nicht stören.

Gib ihm die dritte, sagt der Alte. Na und du? sagt die Alte. Ich, ich, was soll's, ich kann drauf verzichten, sagt der Alte. Das sagst du jetzt und dann nachher, sagt die Alte. Ich sage dir, gib sie ihm, sagt der Alte. Nein, nein, sagt Lorettu, nein, behalten Sie sie. Also jetzt geh schon, hör auf, es reicht, sagt der Alte, gibst du sie ihm nun?

Die Alte sieht den Alten an, dann Lorettu, dann den Alten, dann Lorettu, ein Haufen Dinge ziehen durch den Blick der Alten, ein Haufen Gedanken, die verschiedenste Dinge betreffen, die das Leben angehen, die Jahre, die Freundschaft, die Herrlichkeiten der Vaterschaft, der Mutterschaft, all das zieht schnell durch den Blick der Alten, dann gibt sie Lorettu die schöne Cremeschnitte, reicht sie ihm, wobei sie sie unter der Nase des Alten vorbeiziehen läßt, der Alte sieht sie ziehen, folgt ihr, dann Lorettus Hand, die sie nimmt, nein, sie nicht nimmt, er wird sie nicht nehmen, sagt er sich, doch: Danke, wirklich, danke vielmals, sagt Lorettu. Er öffnet den Mund. Im selben Augenblick hört er die Stimme des Alten.

Du hast Hunger, sagt der Alte zu ihm. Ja, sagt Lorettu, das vordere Ende der Cremeschnitte betrachtend. Auch Lorettu schielt, wenn er das vordere Ende betrachtet. Er öffnet den Mund. Im selben Augenblick hebt die Stimme des Alten wieder an.

Du hast keine Arbeit, sagt der Alte. Essen Sie, essen Sie, sagt Lorettu, sehen Sie mich nicht an, das irritiert mich. Suchst du wenigstens? fragt der Alte. Ich hab was gefunden, sagt Lorettu, das heißt, wenn es klappt, aber so, wie die Anzeige klingt. Darf man das sehen, sagt der Alte. Geh ihm nicht auf den Geist, sagt die Alte, siehst du nicht, daß er vor Hunger verreckt? Hast recht, sagt der Alte, essen wir.

Die Alte öffnet den Mund ganz weit. Der Alte beißt in die seine. Lorettu zermalmt das vordere Ende und sieht, wie das hintere sich hebt. Der Atem, der aus seinen Nasenlöchern dringt, wirbelt eine Wolke feinen Puderzukkers auf. Die Creme verzieht sich in alle Richtungen. Aber schmecken tut's, und wie. Nun ja. Er vertilgt sie in drei Bissen, lutscht seine Finger ab, wischt sie an der Jeans trocken und blickt in die Landschaft, die Farben haben sich verändert, fast kein Dunst mehr, man sieht die Berge.

Was ist jetzt mit dieser Anzeige? sagt der Alte. Es könnte klappen, sagt Lorettu. Er nimmt die Zeitung, schlägt die Seite auf, faltet sie einmal, zweimal, reicht sie dem Alten, sagt ihm, hier, sehen Sie, in der Mitte. Reich mir meine Brille, sagt der Alte, bitte.

Die Alte klopft ihr Kleid aus, sie vertreibt die Krümel aus dem Überschuß an Stoff, der zwischen ihren Beinen hängt, Lorettu sieht die Form ihrer Beine, die Knie vor allem, er fragt sich, wie das wohl weiter oben aussieht, die Schenkel, der Bauch, es ist ihm peinlich, daran zu denken, dann kommt ihm plötzlich das Photo in den Sinn, bei Cécile hat er's gesehen, in einem Magazin, das Photo einer nackten alten Frau, sehr alt, einer nackten Greisin, sagt man Greisin?, blond mit blauen Augen, oder grau, oder blaßgrün, in Schwarzweiß, eine sehr schöne Frau, sie ist gewiß sehr schön gewesen, hatte er sich gesagt, und im übrigen erschien sie ihm sauberer als eine junge, da waren weniger Härchen, fast keine mehr, aber nicht wie bei den Jungen, die sich rasieren, und so hell, das erschien ihm von solcher Unschuld, das hat ihn bewegt, hörst du? sagt der Alte, reich mir meine Brille.

Die Alte öffnet ihre Tasche und stöbert. Hast du sie mir gegeben?, bist du sicher? sagt sie. Aber ja, aber ja, such nur, sagt der Alte. Lorettu hätte Lust, sich zu verziehen. Ah ja, da ist sie, sagt die Alte. Sie reicht sie dem Alten. Sehen wir mal, sagt er. Er liest aufmerksam, läßt sich Zeit, hebt den Kopf, nimmt die Brille ab.

Entsorgung, du weißt aber schon, was das ist? fragt er. Nicht wirklich, sagt Lorettu. Du wirst den ganzen Tag Scheiße pumpen, mein Kleiner, sagt der Alte. Dann wird sie weniger, sagt Lorettu. Der Alte sieht ihn an. Sie soll nicht weniger werden, sagt er, es soll immer was da sein, denk doch mal nach. Es wird immer was da sein, sagt Lorettu. Richtig, sagt der Alte, richtig, aber siehst du dich dein Lebtag lang Scheiße pumpen? So wie dein Bruder Henri, sagt die Alte. Was ist mit Henri?, was ist mit Henri?, was hat denn Henri damit zu tun?, komm mir nicht mit Henri, kapierst du, laß den in Ruh, sagt der Alte.

Lorettu ist's zum Heulen. Er sagt, wie auch immer, das ist schon in Ordnung, ich werde das nicht mein Lebtag lang tun, weil ich Musiker bin. Ach so? sagt der Alte. Er wiederholt ach so auf unterschiedlichem Tonniveau. Ach so, ach so. Ach so. Ach so! Ach so.

Na und? sagt er, nicht mit dem Unterton von was schert uns das oder was soll's, nein, mit dem Ton von einem, der mehr wissen will, der Alte will tatsächlich alles wissen, Lorettu sagt ihm alles.

Ach, Bud Powell, Kenny Clarke, Sonny Stitt. Was ist los? Was glaubst du bloß? Im fünfziger Jahr war ich vierzig, und dreißig im vierziger Jahr. Die sind ulkig, die Jungen. Die glauben, sagt er und sieht die Alte an. Die sind ganz erstaunt, wenn man ihnen sagt. So erstaunt wie ein Junger, dem man sagt, daß eines Tages, sagt die Alte. Das ist es nicht, sagt Lorettu, ich dachte an Sonny Stitt, die exakte Kopie von Parker, das können Sie nicht verstehen. Er fängt schon wieder an, sagt der Alte. Er glaubt, daß ich nicht weiß, wer Sonny Stitt war, aber Parker spielte besser, er war eben Parker. Und ich, wer bin ich? sagt Lorettu. Was sagst du, sagt der Alte. Nichts, sagt Lorettu, ich muß gehen.

Er zieht Leine, läßt sie alleine, vor dem See.

Er ist nett, der Kleine, sagt der Alte, findest du nicht? Die Alte antwortet nicht, sie blickt in die Landschaft. Hast du das Pflaster auf seiner Wange bemerkt? fragt sie.

10.1

Was ist denn mit Ihnen passiert? sagt Herr Anker (Herr Anker ist Chef der A. E. G., und die A. E. G. ist die Allgemeine Entsorgungsgesellschaft, und die Entsorgung, das weiß man ja, was das ist) und blickt auf das Pflaster auf Lorettus Wange.

Lorettu ist in die I. Z., die Industriezone, mit Fernands Mofa gekommen. Er ist bei Fernand hineingekommen, du schon wieder?, um zu telephonieren. Vor dem Telephonieren hat er Fernand um ein großes Glas

Wasser gebeten, denn er war sehr durstig wegen der Cremeschnitte, das erzähl ich dir später, sagt er. Dann hat er telephoniert. Um neun könne man ihn empfangen, ließ man ihm über die Telephonistin sagen. Nach dem Gespräch hatte er wieder Durst, wegen dem flauen Gefühl im Magen. Er trank noch ein großes Glas, ohne Luft zu holen. Da blieb ihm plötzlich die Puste weg. Er wartete mit dem Reden, bis er seinen Atem wiedergefunden hatte. Fernand, der erkannte, daß er mit ihm reden wollte, wartete, bis er ihn wiedergefunden hatte. Als er seinen Atem wiederhatte, sagte er zu Fernand, ich brauch dein Mofa.

Hören Sie?, ich habe Sie gefragt, was mit Ihrem Gesicht passiert ist, sagt Herr Anker und denkt, der Kleine sieht mir ganz nach einem Schläger aus. Ich hab mich geschnitten, sagt Lorettu. Beim Rasieren, mit der Klinge, antwortet er trocken, bevor man ihn fragt, wie denn das. Das Wie-denn-das hatte er sich bereits auf den Lippen von Herrn Anker zuspitzen sehen, Lippen genau auf seiner Augenhöhe, Herr Anker ist sehr groß, aber Herr Anker wurde sein Wie-denn-das nicht los, Lorettu war schneller mit seinem Beim-Rasieren-mit-der-Klinge. Das Gespräch fängt nicht gut an, denkt Herr Anker, der Kleine scheint mir von der Sorte zu sein, die Schwierigkeiten macht.

Haben Sie ihn, Ihren LKW-Führerschein? fragt er. Ich hab ihn beim Militär gemacht, sagt Lorettu. Das gilt nicht, das heißt, ich glaub nicht, sagt Herr Anker. Ich habe ihn noch mal gemacht, als ich zurückkam, sagt Lorettu. Das hätten Sie gleich sagen sollen, sagt Herr Anker. Lorettu sagt, ich hab es nicht gleich gesagt, weil ich das ziemlich beschissen finde.

Beim Ausdruck beschissen weicht Herr Anker leicht zurück, er verzieht das Gesicht. Ordinär sind Sie auch noch, sagt er. Wieso auch noch? fragt Lorettu. Nur so, sagt Herr Anker, sind Sie schon gefahren, ich meine, beruflich? Ich war eine Zeit Fernfahrer, sagt Lorettu, aber nicht lang, Sie müssen wissen, ich fand den Chef beschissen.

Herr Anker dreht seufzend eine Runde in seinem Büro, setzt sich mit einer Drehung nieder, läßt seinen Sessel drehen und hält ihn vor der Fensterscheibe mit Blick auf die Garage an, die Fensterscheibe herrscht über die Garage, überwacht die Garage, die Garage ist im Erdgeschoß, das Büro im ersten Stock.

Lorettu wartet stehend. Auch er sieht auf die Scheibe, aber von seinem Standort aus sieht er durch die Scheibe nur die Decke der Garage, da kann er ja gleich den Anker ansehen.

Herr Anker riecht nach Kölnischwasser, seine große Hand ist behaart, seine Fingernägel klopfen, trommeln, hämmern auf die Glasscheibe, die seinen Schreibtisch abdeckt, er pfeift durch die Zähne, wiederholt immer den gleichen Ton, tsi-tsi-tsi, sein Bauch ist deutlicher sichtbar, wenn er sitzt, er ist glatzköpfig mit etwas Rührendem im Gesicht, wenn nicht alles täuscht, muß er Kinder lieben, so er welche hat oder welche gehabt hat, besonders, wenn er keine gehabt hat.

Gut, sagt er. Kann ich den Führerschein sehen?

Ja, sagt Lorettu.

Mit einer Bewegung, die die Hüfte rücklings umfängt, so etwa, als wollte man eine Waffe ziehen, führt er die rechte Hand an die rechte Gesäßtasche seiner Jeans, zieht die Brieftasche heraus, öffnet sie, holt langsam aus einem durchsichtigen, ledergesäumten Etui seinen Führerschein, hält ihn Herrn Anker lässig hin.

Lorettu, Basile, liest Herr Anker. Woher kommt dieser Name da, fragt er. Von meinem Vater, sagt Lorettu, und wenn Sie mich fragen, ob ihn mein Vater von seinem Vater hatte, dann sage ich Ihnen nein, von seiner Mutter, meine Großmutter war Mädchen für alles in einem Schloß nah Saint-Germain, Yveline, Pariser Region, sie ließ sich anbumsen vom Schloßherrn-Sohn, wenn's nicht der Schloßherr selber war, Sie sehen, ich spreche gepflegt, ich habe ein humanistisches Gymnasium besucht, Literatur-Abitur, Wahlfach Musik, der wollte es wiedergutmachen, aber nein, sie sagte nein, das wär's: geschenkt, ich geh, es ist spät, sie sind zu beschränkt, und er geht.

Aber wo geht der hin?, wo geht der hin?, warten Sie, warten Sie, sagt Herr Anker und denkt sich, der Kleine gefällt mir. Kommen Sie zurück, sagt er, denkt sich sapperment, welch ein Temperament. Kommen Sie zurück, kommen Sie, fein, Sie gefallen mir, ich stelle Sie ein. Einfach so? sagt Lorettu und kommt zurück. Na klar, warum nicht, ich nehme Sie, sagt Herr Anker. Na, Sie sind mir aber ein seltsamer Kerl, sagt Lorettu, und wissen Sie, die Kraftausdrücke, man sieht's mir nicht an, aber eigentlich find ich sie abscheulich. Ich hab schon begriffen, Sie wollten mich verarschen, sagt Herr Anker. Sie schütteln sich vor Lachen. Das könnte der Schluß eines Fernsehfilms sein. Aber es fängt erst an.

Suzanne wird sich um Sie kümmern, sagt er. Er ruft Suzanne. Suzanne! Ja, Herr Anker? Suzannes anschwellendes Ja tritt im selben Augenblick ein wie Suzanne. Eine schöne Brünette, schön rund, ihre Augen leuchten. Kümmern Sie sich um Herrn Lorettu, sagt Herr Anker. Suzannes verwirrte Augen. Sein Einstellungsformular, sagt Herr Anker: Hallo?, sind Sie da? Ja, Chef. Dann stellen Sie Herrn Lorettu Serge vor. Sie werden sehen, ein entzückender Junge, sagt er zu Lorettu, der Suzanne ansieht. Hören Sie mir zu? Ja, sagt Lorettu. Er zeigt Ihnen das Haus. Er schult Sie ein. Ihr fahrt gemeinsam aus. Ihr werdet ein Team sein. Okay?

11.1

An dem Abend, als Cécile und Lorettu sich kennengelernt haben, lief es mit der Rhythmik wie geschmiert. Man tut sich immer schwer, das heißt, ich tu mich immer schwer zu sagen, warum es wie geschmiert läuft, aber wenn es gutgeht, hört man das, spürt man das, auch wenn man nichts davon versteht, vielleicht vor allem dann, wenn man nichts davon versteht, die Musiker spüren es auch, sie sehen sich an, sie haben dieses Lächeln.

Am Piano Patrick, ein Blonder mit leerem Blick und schütterem Haar, den Rücken gekrümmt über der Klaviatur, Nassoy Baß, der große Dünne mit den leukoplastumwickelten Fingern, Claude am Schlagzeug spielt wie Elvin (Jones), man kann ihm noch so oft sagen, daß dieser Stil nicht zum Bop paßt, aber das ist egal, das ist egal, im Augenblick spielen die drei optimal, sie selbst erstaunt das am meisten, sie sehen sich an, unterdrükken ein Lachen.

Yacada, yacada, cada, cada, yacada, yacada, das geht flott, sie sind das mit einem recht schnellen Tempo angegangen, Lorettu am Alt und Georges an der Trompete werden das Thema in dieser Geschwindigkeit aufnehmen müssen, ein Thema von Parker, ein schwieriges, wie alle Themen von Parker.

Lorettu hat lang daran gearbeitet, es ist nicht das Thema, das ihm Sorgen bereitet, es ist Georges, er kommt gerade aus Australien zurück, er wollte sich dort niederlassen als Känguruhzüchter, 'ne verrückte Geschichte, es klappte nicht, die verrückten Geschichten klappen nie, außer vielleicht bei Shakespeare, obwohl auch da die Komödien zum Heulen und die Tragödien zum Totlachen sind, jedenfalls ist er dort sechs Monate geblieben, ohne zu spielen, er hat zwar ein bißchen gespielt, seit er zurück ist, aber seit er zurück ist, ist er wie ausgewechselt, er bläst nur noch Trübsal und ist depriminiert, er hat den Spleen der Aborigines mitgebracht, und schon vor seiner Abreise war seine Technik, na ja, er dachte nur noch ans Abreisen, man wird schon sehen, wenn Georges sich ein wenig hineinkniet, wird es schon nicht so schlimm, man ist ja unter Freunden bei Fernand, mit den Stammkunden der Kneipe, so spielen wir hin und wieder einen Abend lang, das Piano ist verstimmt, Patrick spielt wie Monk, aber nicht mit Absicht, und heute abend spielt er gut, Claude und Nassoy auch, ich weiß schon, was heut abend mit ihnen los ist, es gibt solche Abende, man könnte sein Leben damit verbringen, ihnen zuzuhören, komm, lassen wir ihnen noch zwei Passagen.

Yacada. Yacada.

Jetzt aber. Lorettu sieht Georges an. Er macht ihm ein Zeichen mit dem Kopf. Georges ist sehr verkrampft. Seine langen Haare und den Bart hat er behalten. Sie legen los.

Es geht nichts daneben, das heißt nicht sofort, die ersten acht Takte lang war das Zusammenspiel gut, die nächsten acht akzeptabel, Georges war schon ein wenig verloren, doch als er den Mittelteil mit den Sechzehntelläufen hätte spielen sollen, gespickt mit versteckten Synkopen an allen Ecken und Enden, da hat's ihn geschmissen, Lorettu hat es allein zu Ende führen müssen und das erste Solo aufgenommen.

Über ein Thema von Parker zu improvisieren ist eine riskante Sache, da darf man nicht ängstlich sein, Parker selbst war seinen Kompositionen nicht immer gewachsen, schließlich wagt er's, Lorettu stürzt sich hinein, auf Zehenspitzen, mit Pausen, Noten, Pausen, Noten, ein bißchen so, wie dieses Buch begonnen hat, dann verdichtet er das Ganze, legt los, verdoppelt das Tempo, das swingt, das ist gut, das hebt ab, er spürt es, weiß es, er baut sein Solo hinreißend aus, man könnte es ins All überleiten, er sieht schon, wie's weitergeht.

In der nächsten Passage, immer noch doppeltes Tempo, aber zeitversetzt, beginnt er in den Harmonien herumzuspazieren, zermalmt benachbarte, parallele, nebeneinanderliegende Akkorde, dehnt sie, verzerrt sie, mit einer Leichtigkeit, er möchte den anderen zeigen, welche Fortschritte er gemacht hat, es wird immer komplexer, der Pianist hat Schwierigkeiten zu folgen, ein bißchen, wie Tommy Flanagan hinter Coltrane herlief in Giant Steps, aber Nassoy folgt sehr gut, er nutzt es aus, um die hohen Töne geschickt zu schaben wie bei einem Cello, auch Claude, der Schlagzeuger, folgt ihm, seine Einsätze sind perfekt, wunderbar.

Und auf einmal fällt alles auseinander, bricht auf, explodiert. Lorettu macht sich auf, in dem Sinn, daß einer sich mit einem Ruck selber öffnet, um endlich begriffen zu werden, so, wie er es begreift, wie er sich begreift. Er läßt die Harmonien fallen, das Tempo, die Struktur, alles. Sein Sax stößt Raubtierschreie aus. Es wimmert, weint, bellt, heult, kichert, grölt. Er hört seine Schreie. Antwortet seinen eigenen Schreien mit noch durchdringenderem Geschrei. Claude folgt, aber die beiden anderen wissen nicht mehr, was sie tun sollen. Mit einem Schlag frei zu sein beunruhigt sie. Schließlich hören sie auf. Claude hört letztlich auch auf. Nur er hat vielleicht begriffen, daß man ihn allein lassen muß. Lorettu merkt nicht einmal, daß er allein spielt. Er bringt sein Sax immer noch zum Brüllen. Georges sieht ihn an. Lorettus Gesicht ist von einer Art Wut verzerrt. Er klopft mit dem Fuß. Sein Schädel wird bersten. Sein Herz. Seine Lungen brennen. Er kriegt keine Luft mehr. Er beruhigt sich nach und nach, wie ein Besessener nach und nach gewahr wird, daß er umsonst tobt, wie ein Tollwütiger nach und nach gewahr wird, daß nichts zu machen ist, so wird Lorettu nach und nach gewahr, daß er allein spielt, daß er seit einiger Zeit allein ist. Er hört auf. Vollkommene Stille.

Er hält die Augen geschlossen. Er wagt es nicht, sie wieder zu öffnen. Er öffnet sie dennoch wieder, um sie in die einer Frau zu versenken, ich weiß schon, daß da manche kichern werden, aber so was kommt vor, da sehen Sie es ja, die, die vorn an einem Tisch sitzt. Er sieht sie an. Er hat den Eindruck, daß er, wenn nicht bald was geschieht, am Blick dieser Frau hängenbleiben wird. Aber es geschieht etwas. Es geschieht, daß die Leute, die da sind, ihr Schweigen brechen. Langsam schütteln sie die Verblüffung ab, und Applaus erhebt sich. Man hört Pfiffe. Dann Schreie.

Lorettu dreht sich um, sieht Patrick an, der Pianist macht ihm ein Kopfzeichen, das soviel heißt wie, ja, ist gut, hast du gut gemacht, ich hatte nicht gedacht, daß du es wagen würdest, aber du hast es gewagt, und das ist sehr gut. Das genügt ihm, Lorettu traut nur ihm, dann hängt er sein Sax aus, legt es aufs Piano und geht, ohne nachzudenken, auf den Tisch zu.

Die Frau sieht ihn kommen, sie bewegt sich nicht, sie verändert nichts an ihrer Haltung, sie ist was Besonderes, das besagt aber nichts, ganz in Grau, sehr elegant, auch das besagt nichts, sie ist in Begleitung eines Mädchens, eines kleinen, sehr kleinen, viel jüngeren als sie, das sie ansieht, sichtlich amüsiert über das, was sich zwischen ihr und Lorettu abspielt, sie blickt jetzt auf Lorettu, der sich nähert, dann wieder auf die Frau an ihrer Seite, es amüsiert sie zu sehen, wie die beiden sich anschauen, Lorettu bleibt stehen vor den beiden Frauen, eine halbe Frau und eineinhalb Frauen, und spricht: Ich setz mich auf ein Glas zu Ihnen, er ist nicht ganz dicht.

Das wollten wir Ihnen gerade vorschlagen, kichert das Mädchen, ich und diese Dame, sagt sie, diese Dame ist meine Mutter und heißt Cécile, und Sie? Basile, sagt Lorettu. Das Mädchen bricht in Gelächter aus. Und diese Kleine, die so blöd lacht, ist meine Tochter, sagt die Frau. So haben sie und Lorettu sich kennengelernt, wenn man das sich kennenlernen nennen kann.

Ich geh mir was zu trinken holen, sagt er schweißgebadet, unter der Jacke klebt ihm sein T-Shirt auf der Haut, er hat an diesem Abend eine Jacke angezogen, sie ist zu groß, die Länge paßt, aber die Ärmel hängen ihm über die Hände, der dunkle Farbton des Stoffes paßt zum hellen Teint eines Blonden mit Bürstenschnitt und eingefallenen Wangen.

Er kommt zurück mit seinem Gratisgetränk, Fernand gibt jedem zehn Piepen und freie Getränke, es heißt: halb voll spielt man erst so richtig toll, er kommt zurück, er hätte auch nie mehr wiederkommen können, doch er kommt, das Schicksal will es.

Die Frau schaut ihm zu, wie er sich ihr gegenüber hinsetzt, da ist etwas Eigenartiges in diesem Blick, ein Etwas, das nicht verzeiht, das einen auseinandernimmt, das beurteilt, verurteilt, das alles zu sehen scheint, Lorettu sieht das Etwas nicht, er setzt sich hin, sie schaut, was er in seinem Glas hat, sie schaut ihm beim Trinken zu, sie hört nicht auf, ihn anzustarren, als gehörte er einer Tierart an, einer raren, in Freiheit, zahm, akklimatisiert, die mit bloßem Blick an den Tisch gerufen wird, zum Trinken, Lorettu stört das nicht, er ist nicht ganz dicht, und das, was er trinkt, wird es nicht besser machen.

Die Tochter sieht der Mutter zu, wie sie Lorettu ansieht, wie Lorettu ihre Mutter ansieht, sie fragt sich, was er sagen wird, was sie sagen wird, sie wartet, die Mutter sagt nichts, hat nichts zu sagen, auch Lorettu nicht, sie haben einander nichts zu sagen, sie haben keine Lust, miteinander zu reden, sie wollen einander nur ansehen, aus ganz gegensätzlichen Gründen, aber schweigend kann das vielleicht gehn, kann das funktionieren, solange man schweigt, über das Schweigen kann man sich irren, man kann sich mit Schweigen belohnen, man kann sich's leisten, als er vorhin die Augen öffnete, fiel sein Blick auf sie, er hätte genausogut auf jede andere fallen können, aber er fiel auf sie, sie sah ihm beim Spielen zu, nennen wir es Spielen, er spielte, jetzt spielt er nimmermehr, sie tut sich schwer zu verdauen, daß

Lorettu, genau der, spielen konnte wie vorhin und jetzt nicht mehr spielt, auch Lorettu verdaut es schwer, was man als Beweis dafür sehen könnte, daß das Schweigen schlecht funktioniert, noch schlechter sogar, es ist so geschwätzig, daß es Lust zum Reden macht, und sei es auch nur, um ihm zu widersprechen, ihm zu widersprechen?, sie sieht ihn an, der nicht mehr spielt, und Lorettu, der weiß, daß er nicht mehr spielt, fühlt sich von ihr angesehen, und das ging so weiter, bis Lorettu das Beben von Claudes Beckenschlag vernahm.

12.1

An jenem Abend, als Lorettu in einer Zeitschrift bei Cécile dieses Photo entdeckte, das Photo der nackten alten Frau, das ihn so sehr bewegte, in der Sondernummer einer künstlerischen Monatszeitschrift, die zur Gänze der Photographie gewidmet war und im besonderen dem Akt, wenn auch die Photographie keine Kunst ist und der Akt bloß ein Vorwand, keine zu machen, kam er an mit seiner Beethovenkassette unterm Arm.

Er hatte sie in Geschenkpapier eingewickelt, mit Band und Schleife, was Cécile nicht daran hinderte, wie eine Irre an der Verpackung zu reißen, nervös, wie man es immer ist, man ist ungeduldig oder hat Angst vor der Enttäuschung, oder es ist einem peinlich, Geschenke sind peinlich, welch ein Gedanke, sagt sie sich, mir ein

Geschenk zu bringen, Sie machen mich verlegen, bis Lorettu ihr sagte, die Schleife, auf der anderen Seite.

Sie hat nicht aufgehört, sich zu bedanken, das hat mindestens eine halbe Stunde gedauert, vor dem Glas, während des Glases, nach dem Glas, sie hat sich so sehr bedankt, daß Lorettu sich fragte, ob es nicht besser gewesen wäre, die Beethovenkassette daheim zu lassen, weil er sich dachte, vielleicht ist ihr das peinlich, bis sie sie schließlich, zu einem bestimmten Zeitpunkt, aus den Händen legte, um nach dem Abendessen zu sehen, da hat er wahllos zu einer Zeitschrift gegriffen.

Dann ist die Tochter gekommen.

Lorettu hatte nicht damit gerechnet, sie zu sehen.

Lorettu hatte gehofft, einen Augenblick allein mit Cécile zu verbringen.

Aber die Tochter ist gekommen, und von da an haben sie und ihre Mutter nicht aufgehört, einen Gutteil des Abends, genaugenommen fast den ganzen Abend lang, man könnte sogar sagen den ganzen Abend lang, mit ein paar Unterbrechungen meinetwegen, der Zeit, um aufzustehen und ein Quartett von Ludwig van aufzulegen, wie schön, es sei denn, Sie hätten lieber Jazz?, das bereitet ihm Kummer, oder um ein Gericht aus dem Ofen zu holen, Lorettu blieb zum Abendessen, die Tochter auch.

Sich wegen eines Flugtickets zu streiten, Céciles Tochter kam aus Griechenland zurück, von einer Insel, sehen Sie die Karte, die sie mir geschickt hat, sagt die Frau, Terrassen, Häuser mit Mauern in reinstem Weiß und blauen Dächern, aber so blau, so was von blau, das ist schön, sagte Lorettu, aber Cécile und ihre Tochter stritten schon wieder.

Wegen eines Tickets, das die Tochter, so schien es, angeblich zweimal bezahlt hatte, das Reisebüro hatte das Ticket nicht geschickt, zumindest war dieser Eindruck entstanden, oder hatte es geschickt, aber es war verschwunden, ein Ticket, auf das man bis zur Abreise wartet, und dann knapp vorm Abreisen: kein Ticket da, so daß ich mich gezwungen sah, sagt die Tochter, ein neues zu kaufen, was sollte ich tun, ich konnte nichts beweisen, kann sein, sagt die Mutter, aber du hättest trotzdem sollen, ich komm gerade erst heim, sagt das Mädchen, laß mich Atem holen.

Nach dem Abendessen ist sie gegangen. Lorettu auch. Lorettu hatte gedacht. Er hat sich geirrt. Lorettu sagte sich, Cécile wird mich zurückhalten. Nicht die Bohne. Beethoven hin oder her. Meine Tochter wird Sie nach Hause bringen, sagt sie.

Beim Gehen, beim Hinausgehen, beim Abschied, kein Wort, kein Blick seitens Céciles. Vergiß nicht, beim Reisebüro vorbeizufahren, sagt sie. Besteh darauf, den Filialleiter zu sprechen, hörst du?, den Filialleiter. Möchtest du, daß ich mitgehe? Nur ja nicht, sagt die Tochter. Wo wohnen Sie? Lorettu sagt ihr, wo.

Im Auto. Ein Kabrio. Ein alter T.R.3. Blau, mit zurückgeklapptem Verdeck, Lorettu ist kalt. Das Mädchen schaltet das Radio ein, sucht, stößt auf einen Monk. Ah, Scheiße, das ist Monk, sagt Lorettu. Hören Sie?, das ist

Monk. Schweigen, er hört zu. Anfangs mochte ich ihn nicht, sagt er. Schweigen, er hört zu, dann. Ich sah ihn mal spielen, in Paris irgendwann. Er ist ruhig, hört zu und sieht die nächtliche Straße vorüberziehn, und indem er das nächtliche Paris wieder vor sich sieht, so gegen Mitternacht, sieht er auch Monk, dann. Dreht er lauter, Sie erlauben?, da schweigt er, dann. Wir hatten uns in dem Saal eine Stunde lang die Beine in den Bauch gestanden. Er ist stockbesoffen angekommen. Er trug eine karierte Kappe und eine Ray Ban. Er konnte sich nicht aufrecht halten auf seinem Hocker. Er nahm die Hände von der Klaviatur, um sich am Piano festzuhalten. Unfähig zu spielen. Von hinten gesehen, schwankte das Piano. Ich fixierte seinen Rücken, ich wollte ihn fixieren, ihn am Fallen hindern, und als ich seinen Rücken fixierte, sah ich das Piano schwanken. Um so weit zu kommen, um in diesen Zustand zu kommen, mußte er schon einiges an Alkohol tanken. Ich sagte, unfähig zu spielen, er hat trotzdem die Themen gespielt, es waren ja seine eigenen, er brauchte sie sich nicht in Erinnerung zu rufen, das kam von allein, unabsichtlich, aus ihm heraus, unglaubliche Versionen, trunkene Versionen. Charlie Rouse hat die ganze Arbeit gemacht. Ein guter Tenorsaxophonist, der Charlie Rouse. Céciles Tochter ist Charlie Rouse Wurscht. Sind Sie der Liebhaber meiner Mutter, fragt sie. Nein, sagt Lorettu. Ein Freund? Nein, sagt Lorettu. Was sind Sie dann? Nichts, sagt Lorettu, da wären wir. Da? Ja, das paßt schon hier.

Ich komm noch einen Augenblick zu Ihnen rauf, sagt Céciles Tochter, ich möcht gern sehen, wie es da aussieht. Lorettu hätte Lust, ihr zu sagen, es sieht aus wie vorher, wie derweilen, wie nachher, wie mit, wie ohne. Von mir aus, sagt er, aber ich warne Sie, es sieht aus.

Bei Lorettu. Ah, da ist ja das berühmte Sax, wie nett, sagt Céciles Tochter und greift nach dem Alt auf dem Bett. Bums, das ist schwer. Sie weiß nicht, wohin mit den Fingern. So, sagt Lorettu. Sie bläst kräftig. Lorettu betrachtet ihre feisten Lippen. Sie hält den Schnabel des Saxophons im Mund, als wär es ein Genital. Nach dem greift sie übrigens unmittelbar danach. Aber wenn es Ihnen peinlich ist, kann ich die Szene streichen. Okay, ich streiche sie. Und doch hat sie stattgefunden. Es ging weiter wie folgt.

Sie trägt ein kleines kurzes Kleid, ärmellos, mit Zippverschluß am Rücken, sie trug es. Nachher, auf dem Bett liegend, die Beine geschlossen und hoch erhoben. Lorettu sieht sich das an. Was da liegt, könnte man für einen halben Pfirsich halten. Das Bett ist zu niedrig. Er kniet sich auf das Bett. Es ist immer noch zu weit oben. Nein, hören Sie, nein, so nicht, das geht nicht, sagt er, ich komm nicht ran, legen Sie sich anders hin oder ziehen Sie sich an, ich wollte ja gar nichts von Ihnen und hab das alles satt, so, und jetzt ziehen Sie sich an.

Was ist er nicht für ein böser kleiner Mann, der Herr Basile, sagt die Tochter von Cécile und richtet sich auf. Mit verändertem Tonfall dann: Sie stellen sich wie ein Trottel an. Mit nochmals verändertem Tonfall dann: Ich weiß nicht, was meine Mutter an Ihnen findet, aber ich find Sie wirklich reichlich blöd. Während sie sich anzieht, blickt sie ihn kritisch an, als wollte sie ihre Behauptung überprüfen. Man sieht es ihm eigentlich gar nicht an, denkt sie sich und macht sich vergeblich daran, sie hat Schwierigkeiten, ihren Zippverschluß hochzuziehen.

Sie könnten mir zur Hand gehen, statt bloß zuzusehen, sagt sie. Lorettu zieht den seinen hoch und stürzt hinter sie. Sie ist wirklich klein. Er hat ihr Haar unterm Kinn, es riecht gut, exakt geschnitten, hoch in den Nakken hinauf gestutzt, zu einer Kugel, die den Schädel umhüllt wie eine Kappe und als Pony über die Wimpern fällt, das irritiert sie, zwingt sie, den Kopf zu schütteln wie ein kleines Mädchen mit lauter Ticks, nervös, übersensibel, empfindsam, zu empfindsam, man möchte diesen Kopf ergreifen, um sie zu beruhigen, sie zu trösten, man möchte sie küssen, es geht sogar so weit, daß man wünscht, sie möge weinen, um den salzigen Geschmack ihrer Tränen kosten zu können, sie bewegt ihn in diesem Augenblick, während Lorettu sich bemüht. So, sagt er, das wär's, und das Gewitter bricht los, das andere, das richtige, am Himmel, man hört die ersten Tropfen auf das Verdeck des Kabrios klopfen.

Es ist offen, sagt die Kleine. Nein, zu, sagt Lorettu, ganz sicher. Sehen Sie, sagt er. Er nimmt ihre Hand und führt sie den Rücken hoch, verrenkt ihr den Arm. Spüren Sie es, fragt er und reißt sie am Arm, weil sie nicht antwortet. Sie tun mir weh, antwortet sie. Sie befreit sich, dreht sich um, baut sich vor ihm auf, und von der Höhe ihrer Kleinheit aus sagt sie zu ihm: Ich rede von dem Auto, zu allem Überfluß gehört's nicht mir. Sie kichert. Es gehört Philippe, sagt sie. Kennen Sie Philippe? Nein, sagt Lorettu. Sie kennen Philippe nicht? Nein, sagt Lorettu. Soll ich Ihnen was echt Starkes von Philippe und seinem Auto erzählen? Erzählen Sie mir das später, sagt Lorettu. Sie erzählt ihm also nicht, daß Philippe eines Tages, als er vor einer roten Ampel stand, neben einem Lastwagen, beschränkt sich darauf, es sich lächelnd in Erinnerung zu rufen. Lorettu beugt sich zum Fenster hinaus.

Die Schalensitze sind voll Wasser. Lorettu auf dem Trottoir, im Regen, hält das Verdeck zu. Die Kleine sitzt drinnen und verriegelt es. Es ist witzig, sich vorzustellen, daß sie bloß ein ordinärer Überzieher trennt, der im übrigen löchrig ist, neben dem Fenster, mit einem kreuzförmigen Verband notdürftig geklebt, und das im strömenden Regen. So, das wär's. Lorettu beugt sich hinunter, schiebt den Kopf ins Auto. Sie müssen es kühl haben ums Hinterteil, sagt er. Sie gibt Gas. Lorettu hat gerade noch Zeit, seinen Kopf einzuziehen. Er hatte sie kichernd angesehen. Die Hinterräder drehen durch, der blaue Arsch des T.R.3 schwingt ein wenig, ihr Licht, ruft Lorettu, die roten Lämpchen leuchten im Nu, als hätte sie ihn hören können, der Regen nimmt immer noch zu, ein weißer Blitz erleuchtet die ganze Straße. Es folgt ein Donnerschlag.

13.1

Am selben Abend. Eine Schiffspartie? Sie wiederholte, eine Schiffspartie. Eine Schiffspartie?, sagten Sie eine Schiffspartie? Ja, ich sagte eine Schiffspartie, wieso?, mögen Sie denn keine Schiffspartien?

Nein, sagt Cécile. Schon gut, sagt Lorettu, ich hatte gedacht, daß es Ihnen vielleicht Freude macht, das heißt, ich stellte mir vor, ich weiß ja nicht, das heißt, ja, ich stellte mir vor, daß es Sie freuen würde, na ja, ich hab mich geirrt, man muß dazusagen, kurz und gut: Ich steh da im Gewitter wie ein Vollidiot.

Er stand da im Gewitter wie ein Vollidiot, in einer Telephonzelle vor seiner Wohnung. Er hatte die Tochter gerade nach Hause geschickt. Und sofort dachte er wieder an die Mutter. Vielleicht hatte er sogar die Tochter rausgeschmissen, weil er zu sehr an die Mutter dachte. Er läuft also zu der Telephonzelle durch strömenden Regen, ruft Cécile an, und das alles, um ihr was ans Herz zu legen? nach dem Beethoven, nein, Sie kämen nicht drauf, Lorettu ist erbärmlich.

Gibt es bei Ihnen auch ein Gewitter? fragt er. Nein, ich frage, weil es ja sein könnte, daß es nur bei mir niedergeht und nicht bei Ihnen. Was mich im übrigen nicht wundern würde. Bei Ihnen gibt's nie ein Gewitter, das wäre auch zu schön. Was sagen Sie da? fragt Cécile.

Sie hatte sich mit Bill Shakespeare ins Bett gelegt, Die lustigen Weiber von Windsor, das ist sehr vergnüglich, als nächstes wird sie Wie es euch gefällt lesen, ein Kissen im Rücken, ganz in Ruhe, sie hat es sich neben der Lampe bequem gemacht, sich neben einen kleinen Radiorekorder geschmiegt, aufs dritte Programm eingestellt, warum nicht, wenn es Jazz gibt, so wird sie an ihn denken, ein klein wenig, gerade genug, um zu erkennen, daß sie an ihn denkt, der an sie denkt, das tut nicht weh, man fühlt sich weniger einsam, dann wird sie wieder in Wie es euch gefällt versinken und notgedrungen auf den berühmten Wortwechsel stoßen, sich sagen: hoppla, ich hatte vergessen, daß das hier vorkommt, ich frage Sie, ob es bei Ihnen auch ein Gewitter gibt.

Ja, ja, hier auch, sagt Cécile, es donnert, hören Sie es nicht? Doch, doch, ich höre, sagt Lorettu, das heißt, ich höre, daß es hier donnert, wie soll ich hören, ob es auch bei Ihnen donnert?, obwohl es ja möglich wäre, daß es auch bei Ihnen donnert, aber nicht im gleichen Moment, hier ein Blitz, bei Ihnen der Donner. Wie? fragt Cécile.

Sie kommen also nicht mit, oder irr ich mich? fragt Lorettu, es freut Sie wohl nicht sonderlich. Aber ja, es freut mich, mein kleiner Basile, sagt Cécile. Also kommen Sie doch? Nein, ich mein, es freut mich, daß Sie es mir angeboten haben, sagt Cécile.

Lorettu beginnt das alles heftig auf die Eier zu gehen. Entweder es freut sie, oder es freut sie nicht. Wenn es sie freut, daß ich es ihr anbiete, dann muß es sie auch freuen einzuwilligen. Was soll der ganze Scheiß? Was ist das für eine Art? Der nächste Schritt macht ihr wohl

Bedenken. Sie fände es beschissen, wenn die Leute denken. Aber was, scheiß drauf!

Sie waren doch wenigstens schon mal auf einem Schiff, sagt er. Nein, sagt Cécile. Genaugenommen ja, aber das ist schon ewig her, da war ich wie alt wohl? siebzehn Jahre, sie hatte sich von einer älteren Freundin verschleppen lassen, in so 'ne Art französisch-englischen Club, späte Ferien Anfang Oktober, das Schiff verläßt den Kai, der Hafen weicht zurück, die Stadt, das Festland, die Einsamkeit auf See, das weiße Kielwasser, die Tiefe unter ihr, dieses Wasser, all dieses Wasser, überall, die ungemeine Erleichterung, die sie verspürt, wenn sie einem anderen Schiff begegnen, zum Glück sind Schiffe nicht sonderlich schnell, man hat Zeit, einander vorbeifahren zu sehen, stumm ruft man sich zu: ahoi, Kapitän, hofft, seine Seele zu retten, man ertappt sich sogar dabei, wie man einander ein Zeichen gibt, ohne auch nur den kleinen Finger zu heben, man registriert zur Not ein sanftes Beben, der Club war fast menschenleer, ganz allein auf dem Strand, der Sandsturm, die Lust, zu brüllen und sich dabei zwei Finger in den Bauch zu drücken, die Abende auf der Terrasse, der einzige Engländer, der ihr gefiel, schüttete sich mit Casanis zu, er tanzte allein, vollkommen betrunken, mit dem Rücken zur Reling, er ist gefallen, am nächsten Tag sind sie weggefahren, in der Nacht, keine anständige Liege, nur Plastik, ich bin mit der Wange drauf eingeschlafen, und beim Aufwachen hatte ich das halbe Gesicht voller Pusteln, übrigens geht es Samstag morgen gar nicht, es soll jemand kommen, das Sofa reinigen, auf den ersten Blick sieht es nicht schmutzig aus, aber als ich vor ein paar Tagen einen Sessel verschob und die Farbe gesehen habe, ich meine die ursprüngliche Farbe, da hab ich mir gesagt, das gibt's doch nicht, so schmutzig kann es doch bei mir nicht sein, hallo?

Gleich ist's vorbei, sagt Lorettu. Ich hab keine Münzen mehr. Also dann. Um elf beim Landungssteg. Haben Sie gehört? Ich werd auf Sie warten. Und Sie kommen oder Sie kommen nicht, Sie halten es, wie Sie wollen, es ist mir Wurscht. Nein, sonntags nicht. Sonntags bin ich im Kloster.

14.1

Tut, tut, macht das Nebelhorn des Schiffes. Es ist nicht neblig, das Wetter ist klar, sonnig, sehr warm. Es ist elf Uhr vormittags. Die Schaufelräder des Schiffes schieben das Wasser zur Seite wie die Pfoten eines Hundes, ein Riesenhund, vierzig Meter lang, zwei Motoren mit fünfhundert Pferdestärken betrieben, der Rest ist auf einer Tafel an der Brücke beim Zugang angeschrieben, Name, Jahreszahl des Stapellaufs, Anzahl der Passagiere, die üblichen Angaben, was es kann, was es tut.

Tut, trompetet es und nähert sich ganz in Weiß, nein, der Rauchfang ist braun, leicht geneigt, zehn Grad, hinten flattert eine rote Fahne, man sei beruhigt: mit weißem Kreuz, ergreifend, das Ganze erinnert an irgendeinen österreichisch-deutschen Roman, wo es um Liebe geht und um Schwindsucht und nebenbei um eine bis in die Knochen durchkränkelte Welt, sehen wir uns lieber dieses Schiff an, das zwischen den Bäumen auf uns zukommt.

Es nähert sich langsam.

Tiefes, dumpfes Brummen, von Dufy illustriert.

Ein kleine Ansammlung von Farbtupfen sitzt im Freien auf dem Vorschiff, in der Sonne.

Ganz oben, auf Höhe des Oberdecks, wo sich die ersten Klassen zur Schau stellen, gelingt es dem Kapitän, der gestylt ist wie ein Engländer in Sommerkleidung, mit knapper Not, das Schiff zu steuern.

Das lange weiße Schiff schiebt sich wie 'ne Eins an den kurzen Ponton heran, vor den Landungssteg, den es um Haaresbreite verfehlt, also wieder zurück, es versucht noch mal sein Glück, das Wasser spürt den Widerstand, den Widerspruch, es kocht, so, so geht's, es rückt heran, knirscht, drückt sich gegen den Landungssteg.

Wie der Bursche das steuert, das muß man gesehen haben, besser als ich meinen Laster, denkt Lorettu, und dieser Vergleich verdrießt ihn. Er hat in Lasterbegriffen gedacht, nicht in Musikbegriffen. Er hätte lieber an einen Vergleich zwischen Jazz und Navigation gedacht. Zum Beispiel: Ich würde gern so gut Sax spielen, wie der Typ da seinen Kahn chauffiert. Es stimmt. Seit er in diesem Laden schuftet, hat er das Gefühl, den Jazz zu vergessen. Aber das ist nur so ein Gefühl. Nun, es ist eben ein Gefühl, und die Gefühle haben einem im

Handumdrehen das Denken vergiftet, der Beweis: der lästige Lastervergleich. Er kann sich noch so oft einreden, daß er das macht, um seine Brötchen zu verdienen, der Gedanke an den Geruch holt ihn ein. Jeden Abend wäscht er sich wie ein Irrer, wäscht sich immer wieder, wie ein Neurotiker sich immer wieder wäscht, und fühlt sich doch nicht rein. Er fragt sich, ob Cécile diesen Scheißegeruch an ihm wahrnimmt, selbst einen Meter von ihm entfernt, meistens zwei Meter.

Wenn er sich nähert, rückt sie weg, da kann er gleich einen guten Meter Abstand halten, immer noch besser als weit weg, das ist übrigens gar nicht so weit weg, es erscheint immer zu weit weg, aber es ist nicht weit weg, es ist sogar recht nah, ein guter Meter, sie flüchtet nicht weiter weg, es ist sogar ganz gut, weit weg zu sein und zugleich recht nah.

In Grau, wie üblich, ganz in Grau, zugeknöpft bis zum Hals. Lorettu zieht die kleinen geblümten Kleider vor, mit Dekolletés, die klaffen, wenn sich die Mädchen nach vorn beugen. Nichts für Cécile. Sie ist sehr groß für eine Frau, sehr würdevoll, sehr elegant und überhaupt; überhaupt nicht sexy, aber von einem Charme, mehr als erlaubt, worin der liegt, weiß Lorettu nicht. Er fragt sich, was sie mit ihm treibt. Er ist kleiner als sie. Und immer weit weg.

Eines Abends hat er es gewagt, seine Hand auf ihren, oder genauer, er hat ihren linken Arm berührt. Und was dann? Ach, scheiß drauf. Aber ja, aber ja, sag uns schon, was passiert ist. Nichts, sie ist zurückgewichen wie ein schreckhaftes Tier, eine Sprungfeder, ein Nervenbündel, eine Katze; setzt die Pfote auf eine dicke Biene und geht hoch wie eine Mine. Und weiter? Nichts, er hat sie in Ruh gelassen und ist gegangen, er hatte eine Verabredung bei Fernand. Mit wem? Mit einem Schlagzeuger, den er dem Namen nach kannte, vom Hörensagen, er wußte, daß dieser Schlagzeuger in einem ziemlich berühmten Orchester spielt, in einem sehr berühmten sogar, das war wichtig, Fernand hatte alles arrangiert, er hatte mit dem Schlagzeuger gesprochen, er mußte ihm viel Gutes von Lorettu gesagt haben, weil der Schlagzeuger, kaum daß Basile ankam, ihn zur Seite nahm, um ihm vorzuschlagen, einfach so, ohne ihn gehört zu haben, mit ihnen auf Tournee zu gehen, sechs Monate nach Afrika, das ist nicht das Land der unbegrenzten Möglichkeiten, das ist besser als das Land der unbegrenzten Möglichkeiten, aber Lorettu. Was ist, Lorettu? Stell dir vor, was geschehen ist. Ich weiß, was geschehen ist. Es ist ganz einfach. Ganz blöd. Sehr blöd. Man könnte sich ohrfeigen. Er hatte den Kopf noch voll von Cécile, die rechte Hand noch voll von Céciles linkem Arm, da hat er nein gesagt, tut mir leid, ich habe eine Frau, die kann ich nicht zurücklassen. Ist nicht zu fassen, hat Fernand gesagt. Fernand sah ihn an, so, wie er in diesem Augenblick Cécile ansieht.

Sie hält die Augen geschlossen, den Kopf leicht geneigt, zurückgeworfen, sie atmet die Wärme der Sonne ein. Sie lehnt sich sanft an die Brüstung des Landungsstegs. Lorettu würde gern näher treten. Nein, hoffnungslos. Er nähert sich trotzdem ein wenig, stellt fest, daß Cécile nicht angelehnt ist, ihr Rücken berührt die Brüstung nicht, und sie hat auch die Augen nicht geschlossen. Zwischen den Lidern sieht sie zu, wie die Leute vom Schiff steigen.

Jetzt sind wir dran, sagt Lorettu. Haben Sie keine Angst? Sie siezen sich, das ist wunderbar. Solange sie sich siezen. Nein, sagt Cécile, und Sie? Da schau her, sie lächelt. Ein wenig, sagt Lorettu, träumt von Seenot und Rettung, er schwimmt auf sie zu, packt sie unter den Armen, berührt ihre Brüste ganz ohne Absicht wie James Stewart die von Kim Novak in Vertigo. Ja, ich weiß, ich bin vulgär. Warum sagen Sie das? fragt Cécile. Nur so, sagt Lorettu, nur so. Gehen wir. Sie steigen ein.

Er läßt ihr den Vortritt, das fällt ihm nicht schwer. Sie geht vor ihm über die Brücke. Er folgt ihr auf zwei Meter Entfernung. Er ist noch zu nah, um sie richtig anzusehen. Er würde gern zurücktreten, stehenbleiben, sie gehen sehen, ihre Eleganz betrachten. Er zögert, setzt einen Fuß auf die Brücke, bleibt stehen, tritt zurück. Der Bedienstete der D. S. G. sieht ihn an. Cécile dreht sich um, als hätte sie den Scheißegeruch verloren, der an dem Mann hängt, mit dem sie herumhängt, warum eigentlich?, was findet sie an ihm ohne sein Sax am Bauch, ohne diesen Kopf, der von der Musik gemartert wird, die aus seinem Bauch kommt und ihm wieder zu Kopf steigt und wieder aus dem Bauch kommt und so weiter im Kreis? Also, kommen Sie? fragt sie.

Sofort, sofort, sagt Lorettu, und während er das sagt,

dieses Sofort-sofort, jagt er schon wieder dem Sofort-sofort nach, das ihn damals an den Beginn eines Satzes in einem Rasumowskij-Quartett erinnert. Es war seine einzige Klassikplattenkassette. Er hatte sie im Angebot gekauft, aus Neugier, vor allem wegen des irrsinnig günstigen Preises. Er hat sie sich angehört. Er hat die ruhige Schönheit entdeckt, die scheinbar ruhige Schönheit, das hat ihn durchgeschüttelt, so sehr durchgeschüttelt, daß er fast seine Vorliebe für den Bebop hinter sich gelassen hätte. Er hat sie nie mehr anzuhören gewagt. Er hat sie verräumt, außer Sichtweite, das ist leicht gesagt, bei ihm ist's eng, die Kassette ist dick, vier Platten, nein drei, einerlei, das sieht man, er sah sie. Er hätte sie unterm Bett verstecken können, doch hat er schließlich beschlossen, sie Cécile zu gönnen.

Haben Sie sie noch? fragt er und unterbricht sich, um dem Bediensteten der D. S. G., Dampfschiffahrtsgesellschaft, die Tickets zu reichen. Der Bedienstete ist in Uniform, er hat einen Bauch, das feiste Gesicht voller Sommersprossen. Er entwertet die Tickets und sagt, nach Lausanne, Anschluß in Yvoires, das Schiff geht um zwölf. Hier, sagt er und hebt den Kopf zu Lorettu, betrachtet den Bürstenschnitt dieses blonden, blassen Typen. Danke, sagt Lorettu, nimmt die Tickets an sich, dann dringt er ins Dunkel des Schiffsinneren vor, Cécile wartet bei den Stufen, die zu den Toiletten hinunterführen.

Zwei Meter von ihr entfernt bleibt er stehen und fragt: Haben Sie ihn noch, den Beethoven, den ich Ihnen geschenkt habe? Natürlich, sagt Cécile, so, wie man sagt, was für eine Frage. Stimmt, denkt Lorettu, blöde Frage, es gibt keinen Grund, warum sie ihn nicht mehr haben sollte, auch wenn Geschenke verpflichten, im Weg stehen, so sehr, daß man manchmal daran denkt, sich ihrer zu entledigen, sie hätte besser daran getan, es zurückzuweisen, sie hat es zurückgewiesen, ich hab sie bedrängt, wegen dieser Musik hätt ich fast den Jazz an den Nagel gehängt, wußten Sie das? fragt er.

Das wäre schade gewesen, sagt Cécile, das wäre so, wie wenn ein Schriftsteller, sagt Cécile, nachdem er ein Meisterwerk gelesen habe, sagt Cécile, zu schreiben aufhörte, sagt Cécile, er kann nur von sich aus schreiben, sagt Cécile, nur er kann schreiben, was er zu schreiben hat, sagt Cécile, natürlich muß er auch etwas zu schreiben haben, sagt Cécile. Was will sie mir damit sagen? Lorettu kann den Zusammenhang nicht erkennen, er hat nichts zu spielen, er erfindet nichts, er kopiert, imitiert, gibt Charlie auswendig wieder. Alles, was er weiß, ist, daß er sich wohl dabei fühlt, wenn er in sein Alt bläst, aber auch das stimmt nur, solange er spielt, sobald er aufhört, geht es schlechter, und das war schon von Anfang an so, mehr oder minder.

Kinder, da rennen welche auf der Brücke herum, ein ganzes Rudel, die Erzieher versuchen sie aufzuhalten, drei oder vier Jugendliche mit traurigem Gesicht. Ein kleiner Heulpeter kommt zwischen Céciles Füßen zum Stehen. Sie legt ihm die Hand auf den Kopf. Was hast du? fragt sie. Der Kleine sieht sie an. Lorettu ist eifersüchtig, auf den Blick des Kleinen, auf Céciles Blick auf den Kleinen. Er trägt eine Brille mit Vergrößerungsglaseffekt, das läßt seine Augen wie Lottokugeln erscheinen. Ich hab meine Regenjacke verloren, sagt der Kleine. Er schnieft. Dort drüben, sagt Lorettu. Cécile dreht sich um. Der Bananensack liegt ganz allein auf einer Bank. Aber ja, schau doch, er ist dort drüben, sagt sie. Wo denn? fragt der Kleine. Auf der Bank, sagt Cécile. Der Kleine geht seine Regenjacke holen. Beim Zurückkommen bleibt er stehen. Danke schön, sagt er. Cécile nimmt sein Gesicht in ihre großen Hände, beugt sich hinunter, küßt es, der Kleine errötet, dann läuft er ganz einfach davon.

Wenn man bedenkt, daß Sie mich noch nie küssen wollten, sagt Lorettu. Ach, hören Sie auf, sagt Cécile.

15.1

Serge, haben Sie die Nachricht für das Chalet Le Savoyard entgegengenommen?, der Herr sagt, er ruft schon zum dritten Mal an. Hier ist nicht Serge, hier ist Robert, sagt Robert.

Ach, Sie sind's, mein guter Robert, sagt Suzanne, ich hatte Ihre Stimme nicht erkannt, ich hab gedacht, es ist Serge, dabei habt ihr gar keine ähnlichen Stimmen, Sie sind doch nicht erkältet? Nein, sagt Robert. Um so besser, um so besser, sagt Suzanne: Sagen Sie, mein guter Robert, haben Sie die Nachricht für das Chalet Le

Savoyard entgegengenommen, ich hab da einen Herrn dran, der sagt, er ruft schon zum dritten Mal an. Nein, sagt Robert, das war ich nicht, das muß Serge gewesen sein. Und ist Serge da? fragt Suzanne. Warten Sie, ich sehe nach, sagt Robert. Nein, sagt er, ich sehe seinen Laster nicht. Und Serge? fragt Suzanne. Auch nicht, sagt Robert. Warten Sie, warten Sie, sagt er. Nein, sagt er, das ist Basile. Dann fragen Sie halt Basile, sagt Suzanne.

Suzanne hört Roberts Stimme Basile rufen. Die Stimme hallt in der Garage wider, die an diesem Morgen sehr still ist. Sie vernimmt sogar ein leises Plätschern in der Tiefe des Hörers, als ob es regnete, aber nicht jedes Wasser, das regenschauerartig fällt, ist auch wirklich Regen. So weit, so gut, es könnte also regnen. Die Tore der Garage sind weit offen. Suzanne könnte demnach das Geräusch des Regens hören, verstärkt durch die stille Leere der Garage. Das ist nicht der Fall. An diesem Morgen fällt kein Regen. Wenn es nicht regnet, dann ist es schön. Nicht unbedingt. Es kann auch nicht regnen und trotzdem nicht schön sein. Auch ohne Regen ist das Wetter mitunter grau. Heute ist das nicht der Fall, an diesem Morgen ist der Himmel blau. Suzanne betrachtet durchs Bürofenster die Berge in der Ferne, mit leerem Blick von einer Art, die ihr eigen ist, wenn sie die Leute bittet, sich zu gedulden.

Hängen Sie nicht ein, sagt sie.

Nein, ich hänge nicht ein, sagt der Mann.

Die Vier Jahreszeiten setzen ein, das heißt nein, immer dieselbe, der Monat August.

Basile! ruft Robert.

Ich wette, der hat wieder seinen Walkman auf dem Schädel, sagt er sich, während er durch die Garage geht, und tatsächlich. Na klar, ich hätte gewettet, sagt er sich. Während er durch die Garage geht. Die Garage ist nicht so groß, aber Robert geht langsam wie so ein riesiges Faultier, das uns, glaube ich, helfen will, seinen Namen zu erraten, indem es jede seiner Bewegungen einzeln vorführt. Genau das habe ich mir gedacht, sagt er und nähert sich Basile von rückwärts.

Lorettus Rücken schlängelt sich. In der Verlängerung von Basiles Rücken, von Basiles Arm, von Lorettus Arm schlängelt sich auch der Wasserstrahl.

Die Schlangenlinien des Strahls sind der Suppe zu verdanken, die Lorettu sich in die Lauschlappen tröpfeln läßt. Übrigens hat Lorettu ein absolutes Gehör. Die Suppe, das sind alle Platten, die Charlie Parker mit einem Streichorchester aufgenommen hat, das ist ganz schön zäh, das kommt nicht in Fluß, wie das trieft, armer Charlie, so ein Verdruß.

Kann sein, kann sein.

Aber Lorettu sagt sich, während er den Schlauch schwingt, ich würde lieber eine Suppe wie Charlie produzieren, korrigiert sich, sagt sich, ich würde lieber versuchen, eine Suppe wie Charlie zu produzieren, als diese Pumpe zu reinigen, die voller Scheiße is'.

Gewiß, gewiß.

Es ist nur so, um Studioaufnahmen zu machen, muß man vom Blatt spielen, und Lorettu ist kein sehr guter

Notenleser. Er hat nie Notenlesen gelernt. Er hat zwar sein Sax nicht in einem Mülleimer gefunden wie Stan Getz, aber es läuft aufs gleiche hinaus. Er schwingt den Schlauch. Was die Harmonie anbelangt, das haben wir gesehen, das schafft er mit dem Gehör. Aber lesen, nein, nie. Er schwingt den Schlauch. Sehr wichtig, der Schlauch. Herr Anker behauptet: Mag man auch eine Dreckpumpe, brackiges Wasser, Schlamm, eine Jauchegrube sein, man ist es sich trotzdem schuldig, wie Nikkel zu glänzen. Unsere Kunden, sagt er, ertragen uns nur, wenn wir sauber sind. Ich würde es noch gewählter formulieren, denkt er noch gewählter: Unsere Sauberkeit ist in den Augen unserer Kunden ein Versprechen, was sage ich, ein Versprechen?, ja, eben, warum sagt er ein Versprechen?, er verschwendet seine Zeit, er hätte ja nur sagen müssen, ich will, ich verlange, daß eure Laster tadellos sind.

Der von Lorettu ist es fast.

Robert klopft ihm auf den Rücken, Lorettu dreht sich erschrocken um, Robert hat gerade noch Zeit, zur Seite zu springen, paß doch auf, zum Teufel, sagt er, Lorettu versteht nichts, sieht Roberts wutentbrannte Pupillen, richtet sich auf, der schwere Strahl entweicht springbrunnenartig in die Höhe, kommt als Regen wieder herunter inmitten der leeren, stillen Garage, das ist schön wie am Genfer See, die Sonne läßt die Tropfen glitzern.

Dreh das ab, sagt Robert. Wie bitte, fragt Lorettu und unterbricht mit der linken Hand den Ton seines Walkman, während er mit der rechten den Strahl wieder auf die Flanke des Lasters richtet, die ist ganz grün vom sauberen Wasser, oder fast, diese Spuren da gehen nicht weg, das wird man mit der Hand nachwischen müssen.

Schalt das aus, sagt Robert.

Sofort-sofort, sagt Lorettu. Er unterbricht den Strahl. Also? fragt er, was ist? Wars' du es, der den Auftrag für die Villa Le Savoyard entgegengenommen hat?, der Typ hat angeblich schon dreimal angerufen, sagt Robert. Nein, sagt Lorettu, das war nicht ich, aber ich kann's übernehmen. Darum geht es nicht, sagt Robert, ich kann's auch übernehmen. Dazu müßtest du Faulpelz dich erst mal bequemen, sagt Lorettu. Was sagst du? fragt Robert, der's genau gehört hat. Dazu müßtest du Faulpelz dich erst mal bequemen, sagt Lorettu. Was sagst du? fragt Robert, der nicht mehr vorgeben kann, daß er schlecht gehört hat. Sie werden sich wohl nicht in die Haare geraten deswegen. Wir werden uns deswegen nicht in die Haare geraten, sagt Lorettu. Nein, sagt Robert, was ist, fährst du hin? Ja, sagt Lorettu, aber nicht vor zwei, heut morgen hab ich noch einen anderen Termin, ich erledige das, und dann fahr ich hin.

Hallo, Suzanne? sagt Robert. Er ist ganz außer Atem. Er ist gelaufen und dabei nach links und rechts gesprungen, um den Pfützen auszuweichen, den Teichen, dem Minisee, bis zum Telephon. Ja? sagt Suzanne. Basile fährt hin, sagt Robert, obwohl ja auch ich hätte hinfahren können, aber Basile fährt hin, er gab mir sein Wort, nach dem Mittagessen ist er wohl dort.

Hallo? sagt Suzanne, sind Sie noch dran? Und zu sich: Bestimmt hat er eingehängt, oder nein, ich hör den Wählton nicht: Hallo?

Ja, hallo, sagt der Mann: Verzeihen Sie, ich war.

Schon gut, okay, es ist alles klar, sagt Suzanne.

Sehr schön, sagt der Mann, also wann?

Es wird jemand gegen zwei bei Ihnen sein, sagt Suzanne: Wie war noch mal die Anschrift?

2

Direkt am Genfer See
Traumhafte Villa im Savoyer Stil
Sehr gr. Salon m. off. Kamin
Voll einger. Küche, Geschirrsp., Waschm., TV,
Vier Zim., 2 Bäder, 2 Duschb.
3 Hekt. Grund
Im Aug. zu verm.
Telephon.

1.2

Das Tor ist offen, Paul wendet auf der Ausfahrt, fährt durch das Tor, fährt kurz die Allee hinauf, bleibt links und im Windschatten eines anderen Wagens stehen, eines beigen, nagelneuen Citroën ZX, der Kofferraum ist offen, ein Mann beugt sich unter die Heckklappe, der Mann dreht sich nicht um.

Paul steigt aus dem Wagen, er ist schweißgebadet, er ist so erschöpft, daß er gar nicht daran denkt, sich dieses große Haus näher anzusehen, er nimmt seine Brille ab, entfernt die Sonnengläser, steckt sie in die Brusttasche seines blauen Polohemds, die beigefarbenen Hosen feucht am Gesäß, setzt seine Brille wieder auf, betrachtet den unter die Heckklappe des ZX gebeugten Mann, nähert sich ihm, wendet sich an ihn.

Ich bin Herr Saint-Sabin, sagt Paul, und das ist meine. Jeanne, seine Frau, hat sich entfernt, sie beginnt den Park abzuschätzen. Wir haben uns etwas verspätet, sagt Paul, und dann: Sie sind vermutlich Herr Tarty? Der Mann schält sich aus dem Kofferraum des ZX. Er trägt spezielle Gläser, die machen seine Augen sehr groß, schwarz, unverwandt, er hält einen großen Rollgabelschlüssel in der Hand.

Paul zögert, reicht ihm die Hand. Der Mann nimmt Pauls Hand nicht. Er geht um den ZX herum, öffnet die Tür, betätigt die Hupe, hebt den Kopf. Eine Frau erscheint auf dem Balkon. Jeanne, aufgeschreckt vom Hupton, dreht sich um, sieht die Frau, die auf dem Balkon aufgetaucht ist. So habe ich sie mir nicht vorgestellt, sagt sie sich.

Die Frau hält in der rechten Hand eine Flasche Cif, eine Scheuermilch, und in der linken einen Wettex-Schwamm mit rotem, kratzendem Rücken und hohlen Flanken, an die sich die linke Hand schmiegt, sie ist Linkshänderin. Sie lächelt, ein wenig unfrisiert. Paul, zu erschöpft, betrachtet den Rosenstrauch. Da ist ein Rosenstrauch unter dem Balkon. Die Rose klettert bis unter den Balkon. Paul, ganz blöd vom Fahren, denkt, daß die Rose nicht weiterklettern kann wegen des Balkons. Der Rosenstrauch leckt die Unterseite des Balkons und wendet sich dann wieder gegen sich selbst. Dazu kommt, daß er da, unter dem Bakon, nie die Farbe des Regens sehen kann. Oder doch, er sieht sie, aber er fühlt sie nicht. Seine Blüten sind rot. Ich mach gerade das Bad fertig, ruft ihnen Frau Tarty von oben zu, ich komme im Nu.

Jeanne beginnt die leichten Gepäckstücke auszuladen. Nicht jetzt, sagt Paul zu ihr. Der Mann mit dem unverwandten Blick betrachtet regungslos, seinen Rollgabelschlüssel in der Hand, die geteerte Zufahrt. Jeanne stellt die Tasche, die sie aus dem Kofferraum nehmen wollte, zurück. Auf einmal kommt Leben in den Mann, er geht auf eine offene Tür links vom Rosenstrauch zu. Paul folgt ihm zum Zeitvertreib, an der Schwelle bleibt er stehen.

Der Mann bastelt hinten in der Garage an einer Waschmaschine herum. Paul steht im Schatten, an der Schwelle der Garage. Der Kopf des Mannes kommt aus der Trommel wieder heraus. Paul dreht sich um, betrachtet sein Auto neben dem ZX und Jeanne, die den ZX betrachtet. Meins gefällt mir besser, denkt er sich. Er tritt aus dem Schatten, die Sonne brennt noch herunter, geht auf Jeanne zu. Unserer gefällt mir besser, sagt er zu Jeanne, dir nicht? Jeanne, die den ZX betrachtete, ohne ihn zu sehen, zuckt mit den Schultern, sie dachte an etwas anderes, oder an nichts, betäubt von der Straße.

Paul, als hätte er gerade bemerkt, daß die Garage ziemlich voll ist, denkt sich, kann man nichts machen, dann laß ich ihn eben draußen stehn. Ich werde ihn dahin stellen, sagt er zu Jeanne und zeigt ihr die begrünte Stelle zwischen dem Haus und der Hecke der Nachbarn. Jeanne nähert sich ihm, langer, fließender, geblümter Rock, weiße Bluse, und sagt mit gesenkter Stimme: Ich hab's mir ganz anders vorgestellt. Paul sieht das Haus zum ersten Mal an. Am Telephon hatte sie eine Altfrauenstimme, sagt Jeanne.

Es ist eine Frau in ihrem Alter, die da die große Treppe herunterkommt, mit offenen Armen zum Zeichen des Empfangs, oder mit den Worten, es tut mir leid, oder: sie empfängt sie mit den Worten, es tut mir leid. Jeanne hat boshafterweise Lust, sie zu fragen: Erledigen Sie hier die Hausarbeit? Frau Tarty reicht ihr die Hand und neigt dabei den Kopf. Jeanne greift nach der Hand, die sich nach Cif anfühlt und die sie an ihre eigene Samstagmorgenhand gemahnt. Die rechte Hand. Paul sagt sich: Da schau, sie ist beidhändig. Frau Tarty schüttelt lange Jeannes Hand und gibt dabei Höflichkeiten von sich. Dann die von Paul, kurz.

Hatten Sie eine gute Reise? Ja.

War's nicht zu heiß? Doch.

Haben Sie es leicht gefunden? Ja, mehr oder weniger.

Kommen Sie, besichtigen wir es.

Paul haßt Besichtigungen, wenn er geschlaucht ist. Auch wenn er nicht geschlaucht ist, nebenbei. Es eilt ja nicht mit der Besichtigerei. Und wenn er mit dem Besichtigen fertig ist, wird er anfangen, sich zu langweilen. Er wird sich auch beim Besichtigen langweilen. Meistens langweilt er sich auch beim Besichtigen. Er beginnt sich bereits zu langweilen. Wenn er nicht so geschlaucht wäre, würde er sich bereits unerträglich langweilen. Er würde gern sagen, besichtigt es doch ohne mich, aber Jeanne sagt zu ihm: Also kommst du jetzt?

Besichtigung mit Führung.

Paul hängt hinten nach, hört sich die Erläuterungen an, ohne sie zu hören, wenn man geschlaucht ist, kann das passieren, hat überhaupt nichts angeschaut und also gar nichts gesehen.

Woraufhin Frau Tarty zu ihnen sagt: Sie müssen am Verdursten sein. Oder würden Sie es vorziehen, daß ich

Kaffee mache? Paul sagt, bitte gern, aber zuerst ein großes Glas Wasser. Wenn Sie so gut sind, korrigiert sich Paul.

Still oder mit Kohlensäure? Was Sie dahaben, aber sehr viel. Fühlen Sie sich wie zu Haus, sagt Frau Tarty. Leicht gesagt. Das Wasser ist im Kühlschrank. Paul wäre gern zu Haus. Er gäbe viel darum, so, wie er viel gab, um hier zu sein. Gläser finden Sie hier links. Da? fragt Paul. Ja, sagt Frau Tarty und bereitet den Kaffee in einer Moulinex für zwölf Tassen zu.

Vier davon stellt sie auf einen niedrigen Tisch gegenüber einem veralteten Fernseher. Paul hat sofort gemerkt, daß der Fernseher veraltet ist. Er kann es nicht erwarten, allein zu sein, um ihn auszuprobieren. Er zählt die Tassen, sagt sich, wir sind doch nur drei.

Der Mann mit dem Lupenblick kommt durch eine Tür herein, die zu einem Flur führt, der zu einer Treppe führt, die zur Garage hinuntergeht. Von da ist er gekommen. Und, ist's repariert? fragt ihn Frau Tarty. Der Mann gibt einen kleinen, unverständlichen Schrei von sich. Setz dich, sagt Frau Tarty, du trinkst Kaffee mit uns.

Die Tassen sind aus Steingut. Paul haßt das Matte, Schwere, den dumpfen Klang dieser Steinguttassen. Vor allem das Geräusch, das sie auf der Untertasse machen. Man könnte meinen, ein Mühlstein, ein schwerer Stein, den man versetzen muß, oder auch: das Geräusch, das dieser Riesenklotz macht, wenn man ihn versetzt, so man kann.

Sie, Frau Tarty, hätte den Ledersessel im, nennen wir

es: englischen Stil, heranziehen oder heranschieben können; er stand neben dem Kamin, der nicht gefegt worden war. Jeanne wird sich dessen sofort gewahr. Kommt nicht in Frage, sagt sie sich, daß wir ihn fegen. Dann werden wir eben auf Feuer verzichten. Aber Paul, am Abend, auch im Sommer, bei Regen.

Madame Tarty serviert den Kaffee sehr stark. Hat vergessen. Geht den Zucker holen, bietet welchen an. Jeanne sagt, ich zuckere ihn nie. Paul sagt, ja, zwei Stück. Dann, statt den Sessel heranzurücken, setzt sie sich im Türkensitz neben die beiden, rührt um, trinkt, zündet sich eine Marlboro an, zieht kräftig dran, ist nervös, wirft Paul eine Frage zu, der zündet eine der seinen an, Jeanne antwortet an seiner Statt, nimmt eine Zigarette, Paul gibt ihr Feuer, Jeanne unterbricht ihren Satz, Paul sieht sie an, Paul liebt es, den Frauen Feuer zu geben, vor allem Jeanne, Frau Tarty sieht Paul zu, wie er Jeanne Feuer gibt, sie hätte es gern gehabt, daß Paul, aber bitte, sie wartet auf den Schluß von Jeannes Antwort, Paul antwortet schließlich an ihrer Stelle, das heißt an seiner, als wollte er sagen: Laß es in Zukunft bleiben, an meiner Stelle zu antworten, Frau Tarty sagt, ja, ja, was mich anbelangt, sehen Sie, und beginnt von da an ihr Leben zu erzählen.

Pauls Schädel dröhnt, das Sofa schwankt, alles Folgen einer siebenstündigen Autofahrt. Und dann stimmt da etwas nicht in der Sprache dieser Frau. Etwas ist schief in der Redeweise von Frau Tarty. Hier und da fehlt ein Verb, taucht später auf, in einem anderen Satz, als würde Frau Tarty, weil sie zu schnell spricht, Verben verlieren, die sie später wiederfindet und mit denen sie versucht, den Sinn eines längst vergangenen, halb vergessenen Satzes wiederherzustellen, einen Sinn, der genau deswegen auf einmal, aber Paul versucht nichts mehr zu verstehen, im Grunde, merkt er, ist es ihm egal. Er schaut auf die halboffene weiße Bluse, die weiße Unterwäsche, die weißen Shorts, die übereinandergeschlagenen, gebräunten Beine, die goldfarbenen Sandalen. Vor sich hat er eine siebenundvierzigjährige, mit Schmuck behangene Unstimmigkeit, und neben sich diesen Mann.

Der Aquariummann starrt bewegungslos auf den ausgeschalteten Fernseher. Stille hat sich letztlich eingestellt, sie hält sich eisern. Man muß sie brechen. Man müßte. Man wird wohl müssen. Ist schon passiert. Frau Tarty sagt: Ich hoffe, ich hab nichts vergessen. Der Supermarkt ist ganz nah. Beim Hinausfahren halten Sie sich links. Dann wieder links. Dann die erste nach rechts. Und: Ach ja, eh ich's vergeß, die Liegestühle. Robert, hast du geschaut, wo der Schlüssel zum Schuppen ist? Der Fischmann gähnt ein wenig vor sich hin, dann steht er auf und beginnt im Raum herumzugehen. Dieser Schlüssel ist wie vom Erdboden verschluckt, sagt Frau Tarty.

Wie machen wir's denn nun mit dem Scheck? fragt Jeanne. Am Ende des Aufenthalts? Oder gleich? Hätten Sie's lieber gleich? Auf die Frage hin ist Frau Tarty ganz weg. Sie sieht Paul an, als ob Paul. Paul sieht Jeanne an und sagt zu ihr: Am einfachsten, als wollte er sagen, erledige es jetzt. Es eilt ja nicht, sagt Frau Tarty. Es wird erledigt, sagt Paul.

Ein bißchen später hat sich das Blatt gewendet, oder besser die Szene, die Bühne sollte sich drehen, sie sind es jetzt, die über dieses Haus verfügen, die die Herren dieses Hauses sind, Paul und Jeanne, Jeanne und Paul, die auf der Treppe stehen und die beiden anderen in den ZX steigen sehen, der Mann hat bis zuletzt kein Wort gesagt, Frau Tarty sitzt am Steuer, Jeanne winkt ihr zu, Paul hat niemanden zum Winken, er sieht Jeanne an, er möchte ein Wort über den Mann verlieren, sagt dann nichts, Jeanne läßt den Arm sinken, sieht Paul an, fragt: Machen wir das Bett vor oder nach dem Einkaufen?

2.2

Am nächsten Morgen hat Jeanne schließlich in einem Topf, auf einem Regal, in einer Vitrine den Schlüssel zum Schuppen gefunden, in dem die Liegestühle stehen, Paul wird sich zum Lesen in den Park setzen können.

Er hat sich alle Zimmer angesehen, einen Teil gestern abend vor dem Schlafengehen, den Rest heute morgen vor dem Frühstück, er hat sogar nochmals mit dem Morgenblick jene Zimmer angeschaut, die er bereits mit dem Abendblick entdeckt hatte, aber keines hat in ihm die Lust geweckt, dort zu lesen.

Ich kann mir nur noch den Park vorstellen, sagte er sich, als er auf der Terrasse frühstückte, mit Blick auf den Park, als Jeanne daherkam, den Schlüssel in der Hand, und sagte, ich hab den Schlüssel vom Schuppen gefunden, und Paul sagte, woher weißt du, daß es der Schlüssel vom Schuppen ist?, und Jeanne sagte, es steht auf dem Anhänger, und Paul darauf bestand, den Anhänger zu sehen, und Jeanne ihm den Anhänger zeigte, so als wollte sie sagen: ich kann doch lesen, und ihm sagte, du kannst dich zum Lesen in den Park setzen.

Ja, aber die Liegestühle sind im Schuppen eingeschlossen, sagte er sich, als Jeanne kam und sagte, wir können uns zum Lesen in den Park setzen, Jeanne hatte ebenfalls die Intention, sich im Park zum Lesen niederzulassen, drum hatte sie sich auch auf die Suche nach dem Schuppenschlüssel gemacht.

Paul hat nach dem Frühstück die Toiletten im Untergeschoß besichtigt. In Ordnung. Aber ohne Ventilation, und das Spülwasser rinnt schlecht ab. Dann hatte er die Wahl zwischen dem Duschbad unten und dem Badezimmer, er war zu faul zum Stiegensteigen und hat geduscht. Nichts zu sagen. Es sei denn, daß das Wasser aus der Duschwanne schlecht abrinnt, das gab Paul Gelegenheit, sich das Duschbad nochmals genauer anzusehen. Beim Rasieren, vor dem Duschen, hatte er sich's bereits angesehen, soweit es das Kabel des Rasierers erlaubte.

Er kam rundum erneuert heraus, und als er den riesigen Salon durchquerte, englischer Landhausstil, weiße Vorhänge mit blauen Blümchen, die Tapeten dito, sagte er sich, morgen nehme ich ein Bad, drehte eine Runde um die Küchenzeile, Vorsicht, die Enden sind mörderisch, begutachtete dabei die Schränke aus heller Eiche, die diversen Geräte, und landete, als er aus der Küche herauskam, auf der kreisförmigen Terrasse.

In der Mitte ein runder Tisch aus Stein, umgeben von steinernen Bänken, weit genug auseinander, um die Flucht zu ermöglichen, aber wer redet schon vom Fliehen?, ohne über die runden Bänke klettern zu müssen, die auf eine Anhöhe gemauert waren, auf einen kleinen Berg, ein Hügelchen, als Gartenlandschaft arrangiert, wenig gepflegt, gerade genug, um eine sachte in der Tiefe seiner gereinigten Seele erwachte, melancholische Lust zu pflegen.

Übrigens hätte er sich gern länger vor den Hortensien aufgehalten, aber er hatte Jeanne etwas zu sagen, er hatte auch ein Buch in der Hand. Er ging nach links, die Holzwand entlang, alle Wände des Chalets sind aus Holz, und dieses Chalet ist so, wie alle Chalets sind, und am Ende des Ganges, von einem Kater beobachtet, während er sich sagt, da schau her, ein Kater, während sich der Kater sagt, da schau her, ein Mensch, ist er, Paul, die Treppe hinuntergegangen, die zum Park führt, so, jetzt hat er die Füße im Gras.

Jeanne hat die Liegestühle unter die Lindenbäume gestellt, nebeneinander. Die Lindenbäume, jung gepflanzt und weit voneinander entfernt, haben sich einander im Alter genähert, berühren sich jetzt und spenden gemeinsam Schatten.

Es ist mild im Schatten. Jeanne hat sich eingecremt, sie glänzt, sie riecht gut. Paul bemerkt beim Näherkommen diesen guten Geruch einer Frau, die nichts tut. Sie liest gerade einen deutschen Roman. Er läßt sich neben ihr nieder, schlägt Bernanos auf.

Gleich zu Beginn bringt ihn Malraux' Vorwort zum Grölen, er hebt die Schnauze, betrachtet den kleinen trockenen Springbrunnen, die kleine ausgeschaltete Laterne, es ist Tag, auch nachts, den Gartensalon, die Stuhlbeine, die in den trockenen Blüten stecken, die von den großen Lindenbäumen herabgefallen sind. Da schau her, jetzt kommt gerade eine kreiselnd heruntergeflogen.

Er möchte Jeanne nicht stören, sie nicht beim Lesen stören, sie liest nur im Urlaub, aber die Toiletten beschäftigen ihn, so stört Paul sie dennoch, fragt sie: Hast du die Dusche benutzt? Ja, sagt Jeanne. Und hast du nichts bemerkt? Doch, sagt Jeanne. Nun, es ist dasselbe am Klosett. Ich hab's schon gemerkt, sagt Jeanne, als wollte sie sagen: Laß mich lesen, sei so nett. Und denkt: Was mußte ich auch die Liegestühle nebeneinander aufstellen?

3.2

Am vergangenen Abend, so gegen halb sieben, das heißt etwa drei Stunden nach dem Aufbruch von Frau Tarty und ihrem Lieben, welche sie damit verbracht hatten, auszupacken und das Bett zu machen, das Zimmer zu wählen und das Bett zu machen, das Zimmer in Hinblick auf das Bett zu wählen und dieses zu machen, jenes Zimmer, jenes Bett in einem anderen Zimmer vorzuziehen und es zu machen, damit man es nicht um Mitternacht machen muß, haben Paul und Jeanne zum ersten Mal das Schiffshorn gehört.

Sie saßen auf der Terrasse, ruhten sich von den Einkäufen aus, tranken ein Spezi, redeten über dieses und jenes, faßten den Tag zusammen, hoben zwei, drei markante Ereignisse hervor, lebten sich nach und nach ein und genossen die abendliche Ruhe.

Sie sind beide aufgestanden, Jeanne fragte immer wieder, was ist das?, Paul wurde ungehalten, sagte, es ist vermutlich ein Schiff.

Beide sind aufgestanden, um nachzusehen, zu schauen, zu prüfen. Stehend konnten sie über die Hecke sehen, die das Haus vor den Vorbeigehenden verbirgt, die Straße vor den Hausbewohnern, das Haus liegt abseits der Straße.

Auf der anderen Seite der Straße eine Art öffentlicher Park, eine lange Rasenfläche, von schönen, großen Bäumen beschattet, am Rande des riesigen, von Bergen umgebenen Sees, eine Landschaft à la Rilke mit zweimal täglichem Schiffsbetrieb, vormittags um elf, abends gegen halb acht, das Schiff taucht zwischen den Bäumen auf.

Es ist schön, sagt Jeanne.

Ja, sagt Paul, fügt hinzu, nur Schiffe können in uns dieses Gefühl auslösen, dann schweigt er, sagt sich, genaugenommen können's auch die Flieger, von den Zügen und den Bahnhöfen ganz zu schweigen, aber doch weniger als die Schiffe, vielleicht, weil die langsamer sind, man fährt langsam ab, man kommt langsam zurück, wenn man zurückkommt, unter der Bedingung, daß man zurückkommt, das Schiff legt langsam an, aber auch die Züge fahren langsam ab und langsam in den Bahnhof ein, während die Flugzeuge, aber die Flugzeuge fliegen, die Züge rattern, die Schiffe schaukeln, es gibt also keine Möglichkeit, drauf zu kommen, welches dieser Verkehrsmittel uns das Gefühl, dazu müßten die Züge schaukeln, die Flieger rattern, sie rattern, die Schiffe auch, sie müßten fliegen wie die Flugzeuge, aber nein, nein, das soll nicht sein, nein, ich möchte nicht, daß sie fliegen, nein, was liebe ich doch die Schiffe, sagt Paul.

4.2

Am übernächsten Tag hat Paul, während sein Bad einlief, nochmals das große Zimmer im ersten Stock besichtigt, das schönste von den vieren, am besten gelegen, seeseitig, auch dieses im englischen Stil, mit erbaulichen Stichen an den Wänden, obwohl: es hing natürlich davon ab, was man als erbaulich empfand, wildes Treiben im Unterholz, Jagdszenen, Hunde, die die glutäugige Hindin hetzen, um sie zu zerfetzen, das findet er nicht erbaulich, die müden jungen Mädchen, ja, vielleicht, und selbst die.

Er nimmt sein Bad. Dann läßt er das Badewasser ab. Das Badewasser rinnt mehr als langsam ab. Also gut, okay, sagt er sich, dann werd ich die Badewanne halt nicht mehr benutzen, und weil er nicht die Absicht hat, sie wieder zu benutzen, und einer 2-Phasen-Erziehung gehorcht, einer mütterlichen und einer ehelichen, sagt er sich, ich werde sie putzen, ich werde die Spuren meines Schmutzes entfernen, denn er weiß, je langsamer das Badewasser abrinnt, desto eher halten sich Spuren von Grind. Er wartet, bis es abrinnt. Inzwischen geht er auf den Balkon.

Es ist schön, sehr warm, die Badegäste haben die Seeufer gestürmt, Frauen, wenige Männer, bräunen sich auf dem Rasen, die Kinder schreien, tauchen, die Tische sind zum Picknick aufgestellt, die Großmutter sitzt im Klappstuhl und wartet, Autos fahren auf der Straße vorbei.

Paul lauscht dem Lärm, der sich aus all dem ergibt. Plötzlich nimmt er den Geruch wahr. Er fragt sich, woher das kommt. Gleichzeitig sieht er drüben auf dem Rasen eine Frau, oben ohne, sich umdrehen, dann aufstehen, dann weggehen, mit angewidertem Blick, sie zieht ihr großes Handtuch, ihr Badetuch hinter sich her, warnt sichtlich die anderen, läßt sie bezeugen, weitere Gebräunte stehen auf, setzen sich anderswo hin.

Paul fragt sich vom Balkon aus, was sie in die Flucht getrieben hat. Während er überlegt, läßt er den Blick hinuntergleiten. Da sieht er den Gully, neben dem Tor, einen schwärzlichen Schlamm ausspeien.

Das gelbe Wasser dringt unter dem Gitter durch, füllt den Rinnstein, fließt auf die Straße. Durch die Hitze wird der Geruch bestialisch. Die Badegäste fliehen, werfen Blicke auf das Haus. Jeanne, die im Park las, hat ihrerseits den Geruch wahrgenommen. Sie steht auf, läßt ihr Buch auf dem Liegestuhl zurück, nimmt ihre Brille ab, kommt, Paul rufend, gelaufen.

Ich bin hier, schreit ihr Paul vom Balkon aus zu. Riechst du das? fragt ihn Jeanne mit erhobenem Kopf, die offene Brille in der Hand. So sieht sie aus wie eine Frau, die die Manuskripte ihres Mannes tippt und ihn wegen einer Kommasetzung befragt, die ihr zweifelhaft erscheint.

Ich rieche es, sagt Paul, ich rieche es. Wo kommt das her, deiner Meinung nach? fragt Jeanne von unten. Von dort, sagt Paul und zeigt auf den Gully neben dem Tor. Jeanne kann es von ihrer Position aus nicht sehen. Wo denn? fragt sie. Der Gully neben dem Tor, sagt Paul. Draußen? fragt Jeanne. Nein, sagt Paul, drinnen. Jeanne geht die Treppen hinunter, kratzt sich den Arm auf, weil sie den Rosenstrauch streift, wendet sich nach links, verhält auf halber Höhe der Allee, sieht das, macht einen Schritt zurück, geht auf Paul zu.

Paul sieht sie von oben kommen. Sie geht die Treppen hinauf. Paul ist verwirrt. Paul ist immer verwirrt, wenn er Menschen aus einem neuen Blickwinkel sieht, auch bei Nahestehenden, vor allem bei Nahestehenden. Paul hat Jeanne noch nie aus diesem Blickwinkel gesehen. Was das verändert? Nichts. Sie trägt ein kleines geblümtes Kleid, das blaue mit den gelben und roten Blumen, von jeder Farbe welche, gelbe und rote, das steht ihr gut. Paul sieht sie gern in diesem Kleid. Das erweckt seine Lust, unweigerlich. Jetzt ist nicht der rechte Moment, sagt er sich. Wenn ich's ihr sage, wird sie sagen, jetzt ist nicht der rechte Moment, oder findest du, daß jetzt der rechte Moment dazu ist?, oder glaubst du wirklich, daß jetzt der rechte Moment dazu ist, von so was zu reden? Was tun wir nun? fragt sie von unten herauf. Ihr ist nicht zum Lachen. Ich weiß nicht, sagt Paul von oben hinunter, wir werden Tarty anrufen, was sollen wir schon machen?

5.2

Paul, Jeanne, Frau Tarty hatten sich geeinigt. Man würde auf ein Telephon verzichten. Ja. Man braucht kein Telephon. Nein. Man will seine Ruhe haben. Ja. Keine Ruhe möglich mit dem Telephon. Nein? Doch. Einverstanden. Ich hab daran gedacht, es angeschlossen zu lassen, aber dann, wegen der Abrechnung. Sie haben recht. Ich hab es ausgesteckt. Ist schon in Ordnung. Frau Tarty hatte es sogar schon vor Pauls und Jeannes Ankunft versteckt.

Jeanne fand es schließlich unter einer doppelten Schicht alter Matratzen im Keller neben der Heizanlage. Dort war es nicht zu finden. Jeanne hat es gefunden. Sie ist großartig in diesen Dingen, Jeanne. Ich weiß, wo es ist, sagt sie. Wo denn? fragt Paul. Jeanne sagt ihm, wo. Das bringt Paul zum Lachen, als Jeanne ihm sagt, wo. Sie wirkt wie ein kleines Mädchen, das einen bösen Streich gelandet hat oder so. Was ihn obendrein zum Lachen bringt, ist zu hören, wo das Telephon versteckt war. Er geht es holen, sagt sich, das darf doch nicht wahr sein, nein, das darf doch nicht wahr sein!

Doch, doch. Es war tatsächlich unter alten Matratzen neben der Heizanlage versteckt. Die schaltet sich wieder ein. Das war also der Lärm, den wir heut nacht gehört haben, das ist also der Grund, warum wir so geschwitzt haben, sagt sich Paul im Keller.

Er kommt mit dem Telephon zurück. Hast du's gefunden? kichert Jeanne. Ja, sagt Paul, als wollte er sagen, die gute Frau hat einen Schuß. Er steckt es kichernd an. Die Dose ist am Fuße einer Vitrine, in der diverse Teekannen, Zuckerdosen, Milchkännchen stehen. Der Schlüssel zum Schuppen war übrigens in einem dieser Kännchen.

Hallo, sagt Paul, kann ich Frau Tarty sprechen? Sie ist nicht da, antwortet eine Jungenstimme, die Paul ganz seltsam an Frau Tartys Stimme erinnert, aber okay. Worum geht's? fragt der vorgebliche junge Mann. Paul fällt es schwer, sich eines Gedankens zu erwehren, der ihm im Zusammenhang mit Psycho kommt, wo der Sohn die Stimme der Mutter imitiert, nachdem er sie ermordet hat, aber okay. Der Sohn, der sich identifiziert und mordet, aber okay. Der Sohn, der gemordet hat und sich identifiziert, damit die Mutter, aber okay. Der Sohn, der gemordet hat, weil er sich identifiziert, aber okay. Die Mutter, die den Sohn ermordet hat, weil, aber okay. Der Sohn, der sich ermordet, indem er die Mutter ermordet, aber was soll's. Ich bin ihr Mieter, sagt er. Ach so, okay, sagt der junge Mann, ich gebe Ihnen meinen Vater. Paul, sehr besorgt, sagt, nein, nein, das muß nicht sein, ich ruf später wieder an. Zu spät. Der junge Mann ruft seinen Vater. Papa! Und gibt Paul an seinen Vater weiter. Es ist der Mieter, sagt er mit einer Stimme, die Paul, ganz klar, sie ist es, sagt er sich, ich bin sicher, sie ist es. Der Vater nimmt den Hörer.

Hallo? sagt Herr Tarty. Seine Stimme ist klar, trällernd. Paul ist verblüfft. Was, Sie können also sprechen? fragt er. Ob ich sprechen kann? sagt Herr Tarty, natürlich kann ich sprechen, warum fragen Sie das? Na ja, weil, als wir uns trafen, letzten Samstag, da schienen, sagt Paul. Letzten Samstag? fragt Herr Tarty, Sie sagten letzten Samstag? Sie haben mich letzten Samstag gesehen? Sind Sie sicher, warten Sie, wo denn? Na ja, hier bei Ihnen, sagt Paul, Sie reparierten die Waschmaschine.

Schallendes Gelächter am anderen Ende, gefolgt von einem gedämpften Wortwechsel. Herr Tarty, die Hand überm Hörer, schüttelt sich vor Lachen und erklärt wohl gerade seinem Sohn, daß Paul, als er Robert sah, glaubte, das sei er.

Das war nicht ich, das war Robert, er ist stumm, etwas blödsinnig, aber handwerklich geschickt, meine Frau setzt ihn da und dort ein, aber sonst? worum geht's? Na ja, also, sagt Paul.

Ich ruf beim Gemeindeamt an und ruf Sie zurück, sagt Herr Tarty. Ah nein, sagt er, ich vergaß, das Telephon ist ausgesteckt, rufen Sie aus einer Telephonzelle an? Ich hab's wieder eingesteckt, sagt Paul. Ach so? sagt Herr Tarty, Sie haben es gefunden? Erneutes Gelächter. Erneuter gedämpfter Wortwechsel. Paul, halb amüsiert, halb beleidigt, wartet. Die zwei Idioten veräppeln mich, sagt er sich. Hallo? sagt Herr Tarty. Ja, sagt Paul. Also dann ruf ich erst das Gemeindeamt an und dann wieder Sie, sagt Herr Tarty.

Er ruft an. Ich geh schon, sagt Paul.

Das Gemeindeamt ist nicht zuständig, sagt Herr Tarty, ich hatte geglaubt, aber nein, ich muß eine Firma verständigen, ich ruf wieder an.

Er ruft an. Ich geh schon, sagt Paul.

Ich bin auf einen Anrufbeantworter gestoßen, sagt Herr Tarty. Also hören Sie, sagt er, es ist mir peinlich, aber ich hab jetzt keine Zeit, ich muß weg, meine Frau ist in der Anstalt. Das wundert mich nicht, sagt Paul. Wie bitte, sagt Herr Tarty. Paul sagt: Verzeihen Sie, ich hab nicht verstanden: Wo ist Ihre Frau? In der Klinik, sagt Herr Tarty. Hoffentlich nichts Schlimmes, sagt

Paul. Nein, sagt Herr Tarty, nun ja. Gut, hören Sie, sagt er, seien Sie so nett, ich geb Ihnen die Nummer, dort ist grad Mittagspause, aber nach der Mittagspause, versuchen Sie es halt, schildern Sie den Sachverhalt, sagen Sie, ich übernehm es, haben Sie was zu schreiben? Was zu schreiben, was zu schreiben, hm, ja, sagt Paul, ich habe was zu schreiben, das heißt, ich glaube, sagt Paul, warten Sie einen Moment, hängen Sie nicht ein.

6.2

Ich geh schon, sagt Paul. Es wird auch Zeit, sagt Jeanne, ich sterbe vor Hunger. Paul steht auf. Jeanne, zunächst versucht, selbst nachsehen zu gehen, bleibt liegen. Sie trägt ein weißes Kleid mit schwarzen Blümchen, es sind so viele, daß es aussieht wie weiße Blümchen auf einem schwarzen Kleid. Sie liest gerade den Steppenwolf. Nicht überwältigend im übrigen, der Steppenwolf enttäuscht sie. Es kann nicht am vielversprechenden Titel liegen, den kannte sie schon. Sie hatte das Buch gelesen, als sie ein junges Mädchen war. Im Supermarkt hat sie's im Vorbeigehen gesehen und mitgenommen. Wenn sie darüber nachdenkt, dann ist das so, als wäre sie an einem Ort, wo man's am wenigsten erwartet, einem verlorenen Band aus ihrer Jugend begegnet. Er ist schlecht gealtert, denkt sie. Oder vielleicht sie, aber das würde sie wundern. Oder sie verwechselt es mit einem anderen Buch. Ja, das ist gut möglich. Auch Paul hat es wieder gelesen. Sie überlegt: Ob sie ihn später fragt, was er davon hält? Wenn sie es wagt, denn jedesmal, wenn sie es wagt, findet sie nicht die Worte zu sagen, was sie denkt, das nervt Paul, sein Problem ist von umgekehrter Sorte. Paul findet leicht die Worte, um sein Denken zu analysieren, das ihm dann aber gleich gänzlich leer erscheint, das nervt Jeanne, zu sehen, wie Paul sich selbst herabwürdigt. Sie schaut ihm nach, wie er sich entfernt. Er sieht nicht schlecht aus für sein Alter, sagt sie sich.

Er steigt die Treppe wieder hinauf, folgt dem Gang, die Mauer entlang, die mit braunem Rundholz verkleidet ist, wendet sich nach rechts, folgt den Rundungen der Steinbänke, kommt an der offenen Terrassentür des Wohnzimmers vorbei, geht die große Treppe hinunter, ohne den Rosenstrauch zu streifen, schlägt den abschüssigen Weg der Allee ein, die sich bis zum Tor hin verbreitert.

Ein Tankwagen, blaßgrün wie klares Wasser, ist vor dem Gitter abgestellt, der Motor läuft. Der Fahrer, ein junger blonder Typ mit Bürstenschnitt, in T-Shirt und Jeans, steht ans Gitter gelehnt da, als warte er auf seine Befreiung. Er schickt sich an, nochmals zu läuten. Er hat Paul kommen sehen. Er läßt ihn näher treten.

Paul tritt ins pralle Sonnenlicht, blaues Polo, beige Hosen. Er hat an seinem Outfit noch immer nichts verändert. Als hätte für ihn der Gedanke an Veränderung einen ausschließlich geistigen Sinn. Oder vielmehr: nur noch einen geistigen Sinn. Und überhaupt, er fühlt sich gut in diesen Kleidern, gut im Sinne von wohl, von bequem. Im übrigen vermeidet er es, sich anzusehen. Bleibt vor dem Gitter stehen, sieht den jungen Mann an. Seit einiger Zeit reagiert er sensibel auf die Jugend der Männer. Der Frauen auch, aber dies hier ist ein Mann. Mann oder Frau, es ist die Jugend, auf die er sensibel reagiert. Und dann der Wagen. Öffnen Sie das Gitter, sagt Lorettu, in einem Ton, nicht wirklich befehlsmäßig, aber Paul.

Öffnet den linken Flügel, weit, befestigt ihn, kommt zurück, um den anderen zu öffnen. Der rechte Flügel wird von einer Spange gehalten. Paul versucht, sie zu lösen, bricht sich einen Nagel ab. Während er sich den Finger hält, erinnert er sich an den Rat von Frau Tarty: Vergessen Sie den Schraubenzieher nie. Der Schraubenzieher ist in einem Loch versteckt, rechts, neben der Hecke. Paul geht den Schraubenzieher suchen, findet ihn recht schnell, kommt damit zurück, er hat einen roten Griff, und hebt die Spange. Lorettu kichert. Paul ist beleidigt und sagt zu ihm, als müßte er sich rechtfertigen: Ich wohne nicht hier, ich bin auf Urlaub, dann bringt er den Schraubenzieher wieder an seinen Platz. Kommt zurück, öffnet den rechten Flügel, weit.

Also, was ist los? fragt Lorettu. Paul hat alles am Telephon bereits dreimal erklärt. Er wundert sich schon, daß man es diesem Jungen nicht wenigstens einmal erklärt hat. Er beginnt. Das ist ganz einfach, sagt er, ich habe das Bad im ersten Stock benutzt, er zeigt mit dem Finger auf den Balkon, Lorettu schaut auf den Rosenstrauch, und als ich das Wasser aus der Wanne lassen wollte, hat der Gully da, er zeigt auf den Gully, Lorettu schaut auf die Uhr, angefangen, Scheiße zu speien. Beim Wort Scheiße macht Lorettu einen kleinen Hüpfer. Das Wort Scheiße erstaunt ihn, wenn es aus dem Mund eines so vornehmen Herrn kommt. Nachdem er fertiggestaunt hat, muß er grinsen, um so mehr, als Paul hinzufügt: Daß man schmutzig ist, weiß man ja, aber daß es so schlimm ist. Paul liebt es, mit Scherzen Sympathien zu gewinnen, auch mit zweifelhaften, vor allem mit zweifelhaften. Je zweifelhafter sie sind, desto eher, hofft er, erwecken sie Antipathie. Paul und Lorettu kichern, an der Grenze zwischen Sym und Anti. Dann sagt Lorettu, okay, sehen wir uns das mal an, ich schieb den Wagen zurück. Glauben Sie, man kann's beheben? fragt Paul. Aber ja, sagt Lorettu.

Er klettert in den Laster, löst die Handbremse, kuppelt schroff ein, lenkt den Wagen auf die Straße. Die Straße ist trocken. Die Spuren sind in der Sonne getrocknet. Man sieht sie noch, aber es riecht nicht mehr. Neben dem Gully schon. Sonst nicht. Die Sonnenanbeter sind wiedergekommen, die Sonnenanbeterinnen. So, wie ich da stehe, sagt sich Paul, seh ich sie aus der Nähe. Paul ist immer verwirrt von einem neuen Standpunkt. Er sieht sich wieder da oben, wie er sie von da oben sah, sieht sich da, sieht sie von da, das beunruhigt ihn, bringt ihn ein wenig aus der Ruhe, er sieht darin so was wie eine Warnung, glaubt, eine Glocke zu hören.

Das Rückwärtsgang-Warnlicht leuchtet auf, Bremsen quietschen, das grelle Rot der Bremslichter. Der Laster, direkt vor ihm, setzt zurück. Paul auch, gestikulierend. Paul sieht Lorettu zögern und gestikuliert. Es geht, sagt er, es geht, es ist knapp, aber es geht. Lorettu schert sich nicht um Pauls Gestikulieren. Er sieht ihn im Rückspiegel fuchteln wie einen bemitleidenswerten Typen, der zum Ausdruck bringen möchte: Laßt mich nicht zurück, laßt mich nicht zurück, fahren Sie nicht davon, nehmen Sie mich mit. Stopp, erster Gang, er fährt wieder los, schlägt ein, korrigiert, setzt wieder zurück, es geht, streift, wieder zurück, so, stopp. Ein Geräusch von Druckluft, die abgelassen wird, ein Türschlagen. Er hüpft aus der Fahrerkabine, schlängelt sich zwischen dem Vorderrad und dem Torpfosten durch. Es geht gerade. Das war wirklich knapp, sagt sich Paul. Lorettu läuft den Wagen entlang und postiert sich vor Paul.

Vor Paul zieht er sich um. Lorettu streift einen wassergrünen Overall über. Paul sieht ihn in eine andere Haut schlüpfen. Es verwirrt ihn, diesen jungen Mann in eine andere Haut schlüpfen zu sehen. Wie in einem umgekehrten Häutungsprozeß zieht Lorettu über seine Jeans und sein T-Shirt diese Haut, die am Bauch offen ist, wie aufgeschlitzt, er schließt sie über dem Bauch. Nichts ist mehr übrig vom Altisten in der Parkernachfolge.

Außer im Badezimmer? fragt er, ist auch der Rest verstopft? Ja, ich glaub schon, sagt Paul, ich hab nicht alles besichtigt, aber ich glaub schon. Schauen wir uns das mal an, sagt Lorettu.

Er hakt ein Werkzeug vom hinteren Teil des Wagens los, richtet den Blick nach oben. Der Blick ist voll. Schwimmt an der Oberfläche. Der Geruch ist stark. Paul tritt zurück. Lorettu bleibt darübergebeugt. Ich sehe, sagt er.

Er steigt auf den Wagen, öffnet Klappen, drückt Hebel herunter, es pfeift, es setzt sich in Bewegung, die Pumpe läuft, sie vibriert, dann hakt er die Bestandteile eines großen, beweglichen Schlauches los, fügt sie zusammen, schließt ein Ende an der Pumpe an, taucht das andere in die Grube, steigt wieder in den Wagen, schiebt einen Hebel hinauf, ein Röcheln setzt ein, der Schlauch springt unter dem Druck hin und her, zittert in allen Gliedern, Paul kann sich vorstellen, was da drinnen im Gange ist, und in der Hitze fragt er: Dauert's noch lange?

Wie, fragt Lorettu. Er läßt den in die Grube getauchten Schlauch nicht aus den Augen. Ich habe gefragt, ob es noch lange dauert, schreit ihm Paul ins Ohr. Der Krawall ist so heftig, daß die zwei Gesichter gegen den Krawall ankämpfen müssen. Dann gegeneinander. Der eine brüllt, um sich verständlich zu machen, der andere hat das Brüllen aufgegeben und gestikuliert. Zwei Minuten, gestikuliert Lorettu und zeigt zwei mit den Fingern.

Paul läuft ganz glücklich zu Jeanne, um es ihr zu sagen, warum ist er eigentlich so glücklich?, warum bin ich so glücklich? fragt er sich, während er auf Jeanne zuläuft, um es ihr zu sagen, er ist glücklich, als hätte er das Gefühl, welches Gefühl?, es wird mir wieder einfallen, das Gefühl, wie damals, als er ein Kind war und derjenige war, der sagen sollte oder den man damit beauftragt hatte zu sagen, aber wer? und was?, unschuldiger Go-between, er lief wie jetzt, mit der Freude zu melden, klar, das war's: Das Essen ist fertig!, man hatte ihn beauftragt, den andern mitzuteilen, daß es Zeit war, zu Tisch zu eilen.

Nun? sagt Jeanne, ist es der Laster, der all diesen Lärm macht? Sie nimmt ganz ruhig ihre Brille ab. Paul mag sie gern mit dieser Brille. Die andere Fassung, die weiße, nicht. Diese hier schon, sehr, die steht ihr gut, die macht ihr so ein Gesicht, er küßt sie, in einer Minute ist er fertig, sagt er, dann können wir uns zu Tisch begeben. Ausgezeichnet, ausgezeichnet, sagt Jeanne, ein wenig verwirrt von diesem Kuß. Sie hat einen Riecher dafür, daß dieser heiße Kuß von irgendwoher kommen muß. Paul begibt sich wieder dorthin.

Lorettu springt vom Wagen. Eben hat er die Pumpe abgestellt. Was ist? fragt Paul. Es geht, es ist in Ordnung, sagt Lorettu, wir machen jetzt ein paar Probeläufe. Probeläufe? sagt Paul und sieht sich schon gezwungen, sich zu quälen zu einer Stunde, die nicht die seine ist, dann denkt er an den Zeitpunkt des Durchgangs, man könnte die Uhr danach stellen, die Schweiz liegt gegenüber, dann an die verstopfenden Eigenschaften der Schokolade, reich an Magnesium, ich muß, sagt er sich. Ja, sagt Lorettu: Sie drehen alle Wasserhähne auf, betätigen die Spülung. Es gibt mehrere, sagt Paul. Alle, sagt Lorettu, alle Badezimmer. Ich weiß nur von einem, sagt Paul. Duschen? fragt Lorettu. Zwei, sagt Paul. Die beiden Duschen, sagt Lorettu, die Spülen, alles, Sie drehen alles auf und lassen es laufen, verstanden?

Paul braucht Hilfe. Er läuft zu Jeanne, erklärt ihr alles. Sie bequemt sich, ihr Buch zu schließen, nimmt ihre Brille ab. Beeil dich, sagt Paul. Sie beeilt sich, er auch. Beide laufen. Jeanne übernimmt das Erdgeschoß, Paul den ersten Stock. Er dreht alle Wasserhähne auf, tritt auf den Balkon hinaus, ruft Jeanne. Sie tritt aus der Küche. Unter dem Balkon, sie hebt den Kopf. Hast du alles aufgedreht? ruft ihr Paul zu. Ja, alles, ruft Jeanne. Sehr gut. Paul macht Lorettu von da oben ein Zeichen. Läuft es? ruft er. Lorettu schüttelt von da unten den Kopf, hebt einen Daumen. Kann man abdrehen? ruft ihm Paul zu. Lorettu beugt sich über die Grube, richtet sich wieder auf und kreuzt, mit Blick auf den Rosenstrauch, mehrmals die Unterarme.

Paul dreht alles ab, geht wieder hinunter, kommt beim Salon heraus. Der Fernseher, eingeschaltet und vergessen, pfeift, die Antenne liegt flach auf dem Dach. Der Fernseher ist zwar etwas überaltert, aber er litt bloß unter einem schlechten Empfang, der häufig von den Funkern angezapft wird, zumeist von Fernfahrern, die sich gepfefferte Geschichten erzählen, während ein Kunst- oder Experimentalfilm läuft, der nicht hält, was er verspricht, oder nur mangelhaft. Er trifft Jeanne auf der Terrasse. Hast du auch alles abgedreht? fragt er. Jaja, sagt Jeanne. Einen Augenblick lang ist sie versucht, sich

Lorettu anzuschauen, dann kehrt sie um, geht in den Park zurück. Paul geht seinerseits wieder auf Lorettu zu.

Der zieht gerade seinen Overall aus. Während er ihn auszieht, singt er. Nicht irgendwas. Das berührt Paul. Selten hört man einen Typen so singen. Vor allem das. Was Paul erstaunt, ist, daß Lorettu dieses – wie alle Themen von Parker – extrem schwierige Thema von Parker mit einer Sicherheit, einer absolut atemberaubenden Präzision wiedergibt. Das erstaunt ihn so sehr, daß er's ihm sagt.

Ich nehme an, man hat Ihnen das schon einmal gesagt, sagt Paul. Was, fragt Lorettu. Sie haben eine merkwürdige Ähnlichkeit mit Gerry Mulligan, sagt Paul. Man hat's mir schon einmal gesagt, sagt Lorettu und sagt sich, unter uns gesprochen, ich sähe lieber Charlie ähnlich. Dem Mulligan der besten Jahre, sagt Paul, der Walkin'-shoes-, Bernie's-tune-Jahre, der berühmten Quartette mit Brookmeyer. Chet Baker, sagt Lorettu. Richtig, sagt Paul. Nein, es war Brookmeyer. Egal, sagt Lorettu. Er hat sich stark verändert, sagt Paul, er hat jetzt lange Haare und einen Bart. Ich weiß, sagt Lorettu. Ich bin nach New York gefahren, um ihn zu hören, sagt Paul. Sie sind eigens nach New York gefahren, um ihn zu hören? fragt Lorettu. Paul kichert. Nein, sagt er, ich war in New York, und da bin ich ihn mir anhören gegangen. Und? fragt Lorettu. Paul überlegt, als würde er etwas Bedenkzeit verlangen. Paul genießt den augenblicklichen Gedanken, die augenblickliche Lust, diesen

Jungen zu interessieren. Er ist noch sehr gut, sagt er, seine Klangfülle ist nicht mehr ganz die alte, aber. Aber was? fragt Lorettu. Er hat auch Alt gespielt, sagt Paul, das hat mich erstaunt. Ach so, sagt Lorettu.

Lorettu faltet seinen Overall zusammen. Paul hat noch nicht aufgehört, laut zu denken. Er sieht sich wieder dort drüben, in Mulligans Nähe, spricht ihn an, lächelt beim Gedanken an seine Freundlichkeit, als er sagte, ich bin Franzose, auf der Durchreise, und Mulligan ihn einlud, sich der Feier nach dem Auftritt anzuschließen.

Lorettu geht am Wagen entlang, klettert in die Fahrerkabine, steigt wieder herunter, einen Ordner in der Hand, bitte ein Autogramm, sagt er.

Sie sind Musiker? fragt Paul und greift zum blauen Kuli. Wo soll ich unterschreiben? Da unten rechts, sagt Lorettu: Ich spiele Alt. Sie spielen Alt? fragt Paul beim Unterschreiben. Ja, sagt Lorettu, während er Pauls Unterschrift bewundert. Spielen Sie nur so, zum Vergnügen, oder? fragt Paul und gibt ihm den Kuli zurück. Während der Woche hin und wieder in einer Kneipe in der Stadt, sagt Lorettu, und sonntags immer im Kloster.

3

Jazz im Kloster
Jd. Sonntag
Von 15 bis 19 h
Basile Lorettu, Altsaxophon
Georges Valmont, Trompete
Gérard Nassoy, Baß
Patrick Gresse, Piano
Claude Laclos, Drums

1.3

Vom Fuß bis zum Gipfel eines Berges: Da ist zuerst eine Kurve, dann mehrere Kurven, eine lange Folge von Kurven, unterbrochen von plötzlichen Aussichten, Blikken ins Tal, Unterholz aus grünen Tannen, und zuletzt, zum Abschluß, eine Kurve. Sind wir auf dem Gipfel? fragt Jeanne. Nicht ganz, sagt Paul, aber ich würde gern das Kloster sehen.

Was man so Kloster nennt. Doch, es ist schon ein Kloster. Gut, dann ist es ein Kloster. Aber alles in allem recht häßlich, uninteressant. Ein langgezogenes, gewöhnliches Bauwerk, falsch, vermutlich noch recht neu oder wieder hergerichtet, auf die eine oder andere Art, oder hingerichtet, wie man will, nach protestantischer Mode verschandelt. Weshalb Paul enttäuscht ist. Gemessen an. Na ja, doch. Wenn man sich all diese Kurven hochgearbeitet hat mit diesem Belgier hintendran, der Paul zu Unvorsichtigkeiten trieb. Fahr langsamer, sagt Jeanne.

Es war tatsächlich das Kennzeichen eines Belgiers. Ein Japaner mit belgischem Kennzeichen. Die Belgier haben sich wie die Amerikaner, sie machen ja alles wie die Amerikaner, auf die Japaner gestürzt. Meiner ist echt toll, würde der Belgier zu Paul sagen, führe er vor Paul. Dieser Belgier hängt mir an der Stoßstange, sagt Paul. Kümmer dich nicht um ihn, sagt Jeanne.

Der Belgier ist auf halber Höhe stehengeblieben, bei einem Campingplatz, in dessen Mitte man die belgische Fahne gehißt hat. Paul sieht die belgische Fahne, denkt sich, super, der Belgier wird von mir ablassen. Paul nahm an, daß der Belgier zu seinem Camping zurückfahren würde. Er behielt recht. Der Belgier ließ tatsächlich von ihm ab, nachdem er etwas zu rasch aus einer Kurve geschossen war, sich einmal um seine eigene Achse gedreht hatte und in einer Lichtung zum Stehen gekommen war, inmitten derer man den Campingplatz errichtet hatte.

Weshalb Paul enttäuscht war. Gemessen an. Woran? An der Vorstellung, die man sich von einem Kloster macht. Leer, im allgemeinen. Genau, das ist es. Dieses hier ist bewohnt. Das ist es, was mich stört, denkt Paul. Man kann es nicht besichtigen. Das hindert ihn zu denken. Oder vielmehr, das zwingt ihn zu denken. Woran? Einen Augenblick. An die Leute, die da drin sind. Die unsichtbare Präsenz dieser Männer. Er nimmt an, daß es Männer sind. Nennen wir es Männer. Wie willst du die sonst nennen? Frauen. Genaugenommen sind es vielleicht Frauen. Oder beides, von jedem etwas, zur Arterhaltung. Erinnert ihn. Nein, erinnert ihn nicht, er hatte nie daran gedacht. Macht ihn darauf aufmerksam. Oder läßt ihn erkennen, daß er zwei Fingerbreit davor war zu denken, oder zwei Schritte davor, nicht einmal: Paß auf, sagt Jeanne, du fällst gleich hinunter.

Paul war, während er über die Schönheit der Architektur in ihrem Verhältnis zum Geist oder zur Seele der Leute, die drin wohnen, nachsann und sich sagte, im Grunde kommt es doch darauf an, zwei Fingerbreit davor, abschließend festzustellen, daß es doch darauf ankam, im Grunde – Paul war ein bißchen zu nahe an den Rand geraten, an den Abgrund, an die Schlucht. Er betrachtete einen kleinen Sockel weiter unten, die drei farbigen Zelte, drei allerliebste Zelte oder die Liebe dreier Zelte, zwei blaue, ein rotes, keine gewöhnlichen Zelte, eher von der Art Hochgebirgsbiwak. Ein schöner Platz zum Zelten, sagt er und wirft begeisterte Blicke ins Panorama. Die haben's da schöner als unten die Belgier. Kein Wort davon denkt er wirklich. Vermutlich ist es ironisch gemeint. Jeanne ist das gewohnt, sie antwortet nicht.

Sie sagt zu ihm: Hast du das Plakat gesehen? Welches Plakat? Das dort, sagt sie, auf der Tafel. Die Geschichte der Tafel. Die Geschichte auf der Tafel. Die Tafel gibt sich geschichtlich, berichtet, beschreibt in ein paar Worten Tatsachen, Umstände, erwähnt bedeutende Namen, die hier vorbeikamen, all das geht aufs 18. Jahrhundert zurück. Paul folgt Jeannes Lächeln. Jeanne lächelt, weil sie denkt, daß Paul. Sie hat recht. Paul nähert sich, studiert das Plakat, das direkt auf die Tafel gepinnt wurde.

Eigenartig, der Name des Altisten, sagt er, findest du nicht? Man könnte meinen, der Name stammt von einem französischen Fragesatz ab. Versteh nicht, sagt

Jeanne. Paul atmet durch, schon ganz stolz auf sich: Lorettu, l'aurait-tu, hättest du, wenn ich dich darum bäte, die Freundlichkeit, aus deiner scheußlichen Tasche jenes Feuerzeug zu holen, das ich brauche, um die Zigarette anzuzünden, die du mir gleich anbieten wirst? Bedien dich, sagt Jeanne.

Paul kramt in Jeannes Tasche. Paul liebt es, im Kram der Frauen herumzukramen. Vor allem in dem von Jeanne, der keine Geheimnisse mehr birgt, ihm aber doch ein Rätsel bleibt. Er nimmt Feuerzeug und Zigaretten heraus, bietet Jeanne eine an, gibt ihr Feuer, sieht ihr beim Rauchen zu, zündet sich selbst eine an und sagt zu Jeanne: Ich liebe rauchende Frauen, ich habe dich geheiratet, weil du geraucht hast. Und ich dich, weil du Saxophon gespielt hast, sagt Jeanne.

Dazu nur soviel. Sie haben sich in einem Keller kennengelernt. Paul spielte Tenor im Quartett, bewundernswert gut. Jeanne war mit ihrer Schwester da. Sie waren verrückt nach Jazz. Ihre Schwester hat den Schlagzeuger geheiratet.

Ich geh es besichtigen, sagt Paul, kommst du mit? Jeanne traut sich nicht. Geh allein, sagt sie, ich warte lieber, ich setz mich ins Auto.

Durch die splittbedeckten Alleen schlendernd, die Rasenflächen, die Stiefmütterchenbeete entlang, trifft Paul eine Schwester, spielt einen Augenblick mit dem Gedanken, sich davonzustehlen, bleibt stehen, grüßt, sagt, schickt sich an zu sagen, weiß nicht, wie er sagen soll, wie er grüßen soll, er denkt an einen Film, nein, nicht Vertigo, obwohl, er sieht diesen großen Gangster wieder vor sich, vielleicht war es Robert Ryan, war es nicht eher Robert Mitchum?, hört ihn sagen: Guten Tag, Schwester, Schwester, sagen Sie mir, ich muß mich wohl irren, oder haben Sie einen Jazzclub hier?, nein, Sie haben gewiß keinen Jazzclub hier.

Aber ja, aber ja, sagt die kleine Schwester. Ihr blasses Gesicht weckt Pauls Mitleid. Sie ist nicht geschminkt wie in Hollywood. In Hollywood sehen die Schwestern immer aus wie ehebrecherische Bürgersfrauen, die es zu eilig hatten, ins Gewand zu hüpfen. Sie nehmen die Rolle schnell an, aber sie weigern sich, sich abzuschminken. Oder es sind die Leute, ihre Fans, die sie nicht ohne Schminke sehen wollen. Ja, das wird es sein. Im übrigen, wen schert es? In was misch ich mich ein? Schließlich haben sie ja das Recht, gottgefällig zu sein. Wem? Schlaf wieder ein.

Wir überlassen ihnen sonntags die Krypta, diesen Jugendlichen, das belebt die Szene. Paul hätte Kultur erwartet, aber die kleine Schwester hat nicht Kulturszene gesagt. Die Krypta? fragt er. Folgen Sie dem Pfeil. Vorsicht, Stufe.

Paul verfehlt sie nicht, ausnahmsweise, geht die übrigen hinunter, entdeckt die Krypta, die Frische, den Duft, die Stille, den Boden, im hinteren Teil von einem groben Teppich bedeckt, das Schlagzeug auf dem Teppich, das Piano rechts, der Baß ans Piano gelehnt, aber was ihn am meisten bewegt, sieht man von den zu zwei Drittel zerstörten Fresken ab, ist diese Ritterstatue unterm

Licht, unter einer verglasten Öffnung, diese Skulptur, die kleiner ist als ein Mann, größer als eine Statuette, weder Baby noch Mann, ein Mittelding zwischen Jüngling und Krieger, ein gerade erst entwöhntes Kindchen, milchschnaubend, er trinkt das Blut von Sie wissen schon, wem oder träumt davon, es zu trinken, während er so aussieht, als hätte er es längst gezischt, allzeit bereit, uns in Stücke zu hacken, kurzum ein Ritter, wenn man ihm beiläufig sagt, nein, mein Kleiner, das gibt es nicht, kurzum ein Ritter, der auf einem Sockel steht, auf den das Wort Dankbarkeit geschrieben, graviert wurde.

Das ist zuviel für einen Mann wie Paul. Der Jazz tot, für ihn, die Dankbarkeit hat versagt, er weiß, wo, die Stille, das Licht auf dem Gesicht des Ritters, soviel Sanftmut im Gesicht des Ritters.

Ich möchte den Gipfel sehen, sagt Jeanne. Gib mir eine Zigarette, sagt Paul. Jeanne nimmt sich auch eine. Sie schämen sich ein wenig, in solch einer Höhe zu rauchen. Man hat es geschafft, ihnen ein schlechtes Gewissen einzuimpfen. Aber die Lust ist immer noch stärker. Das schlechte Gewissen hat nicht mit der Lust, gemeinsam zu rauchen, gerechnet. Allein kann es vorkommen, daß man sich kleinkriegen läßt. Gemeinsam widersteht man. Von mir aus, sagt Paul, aber die Straße hört hier auf. Den Rest müssen wir zu Fuß bewältigen. Das schreckt mich nicht, sagt Jeanne, dich schon?

Jeanne trägt ungeeignetes Schuhwerk, Sandalen, Paul auch. Der einzig gangbare Weg ist eine Art Schlucht, steil und mit Wurzeln gespickt. Jeanne geht voran, strauchelt, rutscht wieder hinunter. Paul schiebt sie am Hintern an. Während er so schiebt, denkt er daran. Wünscht sich, sie nicht mehr anzuschieben, nicht mehr daran zu denken. Schiebt sie wieder an. Kann von nun an nicht mehr anders, als daran denken.

Komm, bleiben wir stehen, sagt Jeanne, halb umgewandt, das Kleid bis zur Hälfte der Oberschenkel hochgeschoben, die Beine gespreizt, das rechte Bein weiter oben am Berg abgewinkelt, das linke Bein, weiter unten, gestreckt, abgestützt, halt, Hände in den Hüften, atemlos, na, so was. Paul hat nie jemanden derart keuchen gesehen. Jeanne erstickt fast. Er auch. Das macht angst, einander ersticken zu sehen. Man denkt an all jene. Ersticken, und sich dabei anzusehen. Nach des anderen Luft schnappen. Er sieht sie nach seiner Luft schnappen. Nach ihrer Luft schnappen.

Der Gipfel ist flach, von Bäumchen gesäumt. Man sieht nichts. Man ist da und sieht nichts. Man ist gekommen, um was zu sehen, und sieht nichts. Das ist der Augenblick, wo man die beneidet, die etwas sehen, man beneidet sie und sagt sich, nein, nein, man sagt sich nichts, man sucht.

Letztlich finden sie eine Schneise, am Ende eines Weges, der den Kamm entlangführt. Tannen sind eben gefällt worden, der Boden ist voller Stümpfe, die Füße versinken in den herumliegenden Spänen. Sie wählen einen Baumstumpf, der groß genug ist, daß sie sich zu zweit hinsetzen können. Sie setzen sich, ruhen sich aus, betrachten die Landschaft. Man muß schon sagen, daß die Landschaft. Jeanne lächelt, als wollte sie sagen, ich hatte recht, hatte ich nicht recht?

Sie beherrschen das Tal. Nein, es ist das Tal, das sie beherrscht, voller Dunst, aber der Dunst ist so leicht, daß sie die Reflexe der Sonne auf dem See sehr deutlich glitzern sehen.

Es ist drei Viertel acht. Man fühlt sich wohl. Nein, Paul kann sich nicht wohl fühlen, nicht lang, seine Gedanken holen ihn wieder ein. Jeanne sitzt neben ihm, in ihrem kleinen geblümten, tief dekolletierten Kleid. Die Abendsonne vergoldet ihr Gesicht. Sie wendet den Blick nicht von der Landschaft. Er schaut ihr zu, wie sie in die Landschaft schaut. Er ist eifersüchtig auf die Landschaft. Er wünscht sich, daß sie ihn ein bißchen ansähe. Er legt seine Hand auf Jeannes Knie, läßt die Hand nach oben gleiten. Jeanne greift sanft nach Pauls Hand und gibt sie ihm zurück. Sie steht als erste auf.

Paul folgt ihr auf dem Weg. Wegen ihrer Geste oder seiner, ihrer Geste, die seiner antwortete, würde er sie gern da runterschmeißen, oder sich selbst, oder sie in die Leere mitreißen. Dem Ganzen ein Ende bereiten, bevor es sich selbst ein Ende bereitet. Dummheiten halt. Und schon stolpert er wieder über denselben Stein, einen Fels, der aus der Erde ragt. Diesmal bleibt er stehen, schaut, neigt, bückt sich, geht in die Hocke, ruft Jeanne: Schau mal, sagt er. Jeanne geht wieder zurück, denkt weiterhin an das, woran sie dachte, vielleicht an dasselbe wie er, wer weiß. Niemand, Paul nicht und auch sonst niemand, wird je wissen, woran Jeanne dachte.

Auch sie neigt sich. Ihr Dekolleté klafft. Zum Glück sieht Paul woandershin. Er sieht auf den Stein. Auf dem Stein steht ein Vorname geschrieben, ein Name, ein Datum. Er sieht nach nichts aus, aber Paul. Das Datum liegt weit zurück, 1951. Paul ist bewegt. Jeanne nicht. Das heißt schon, sie ist es, aber nur weil Paul bewegt ist. Es berührt die Frauen zu sehen, daß die Männer wegen so einem Schmarrn bewegt sind.

Als er den Paß hinunterfährt, auf der Straße, im Auto, fragt sich Paul nochmals, während er lenkt, warum dieser Typ 1951 das Bedürfnis verspürt hatte, denn das Bedürfnis verspürt man. Er ist gerade dabei, die beiden Radfahrer einzuholen. Die beiden Mountainbiker fahren den Hügel mit höchster Geschwindigkeit hinunter. Er überholt den ersten. Will den zweiten überholen. Versucht es. Nichts zu machen. Er fährt zu schnell. Es sind zu viele Kurven. Er bleibt hinten. Folgt ihm, beobachtet ihn, und je mehr Zeit vergeht, um so mehr Angst hat er. Er sagt es Jeanne. Jeanne nimmt die Angst auf sich, reagiert, gibt ihm seine Angst zurück, fragt ihn, wovor er Angst hat, verkneift sich hinzuzufügen, schon wieder, zu sagen, wovor hast du Angst, schon wieder? Ich habe Angst um ihn, sagt Paul, und dann: Verstehst du, wenn ich weiter so hinter ihm herfahre, wird er glauben, daß ich ihm folge, daß ich ihn dränge, daß ich ihn zwinge, er wird nervös werden, wird sich aufregen, er könnte herunterfallen. Dann mußt du dich wohl fürs Überholen entscheiden, sagt Jeanne, oder bleib zwischen den beiden.

Zwischen zwei Radfahrern?, ich? sagt er sich, zwischen zwei Radfahrern eingekeilt bleiben? lieber krepier ich.

Er steigt aufs Gas, überholt, dann, als wäre nichts gewesen, als sagte er sich, siehst du, es ist ja gar nicht so schwer, fragt er sich, wo er stehengeblieben war, gibt sich die Antwort, nimmt den Faden seiner Gedanken über den gravierten Stein wieder auf, aber es gelingt ihm nicht nachzudenken, denken oder lenken, man muß sich entscheiden, es tun sich ihm Vorstellungen auf, aber nicht seine eigenen, seine eigenen?, es nervt ihn, mit geliehenen Vorstellungen zu denken, aber wie sollte man es sonst machen?, schon die Vorstellung eines persönlichen Gedankens bringt ihn eher zum Lachen, da kann man das Denken gleich sein lassen, er läßt es sein, beschränkt sich darauf, Unsinn zu reden, das passiert immer, wenn es ihm nicht gelingt, intelligent zu sein, man könnte sagen: ganz allgemein.

Warum lachst du? fragt Jeanne. Nur so, sagt Paul, ich mußte wieder an diesen Typen und seinen Stein denken, er ist jetzt sicherlich schon tot, oder vielleicht hat er sich genau an dem Tag, diesem Tag in die Tiefe fallen lassen, vielleicht hat er jemand anders gestoßen, wer weiß? Es sei denn, er wollte einfach ein Zeichen setzen, daß er am Gipfel war, sagt Jeanne. Wahrscheinlich, sagt Paul, aber das beantwortet nicht die Frage, warum. Du ermüdest mich, sagt Jeanne.

Fahrende Stille. Das Radio spielt Mysti, nein Misty. Jeanne mochte Misty gern, seinerzeit. Paul auch, aber nur gemeinsam mit Jeanne. Ansonsten nicht, bloß mit ihr. Erroll Garner, das ist toll, aber gut, fahren wir.

Sag mal, sagt Jeanne. Was? fragt Paul. Ich würde Samstag gern eine Schiffsfahrt machen. Eine Schiffsfahrt? Paul wiederholt: Eine Schiffsfahrt? Ja, sagt Jeanne. Wir sollten es doch auch mal nehmen, dieses Boot. Warum wir auch? fragt Paul. Okay, sagt er, aber unter einer Bedingung. Welcher? sagt Jeanne. Ach, keine Angst, sagt Paul, ich werde nach diesem anstrengenden Tag nicht von dir verlangen, heut nacht mit mir ins Bett zu gehen. Gehen wir heut nacht zusammen ins Bett, sagt Jeanne, aber unter einer Bedingung. Welcher? fragt Paul. Ich möchte, daß du mir, und diesmal ohne Umschweife, sagst, welche Bedingung du für diese Schiffsfahrt stellst, sagt Jeanne, ich kenne dich. Ach, keine Angst, sagt Paul: Ich möchte bloß, daß wir am Sonntag wieder hierherkommen. Ich bin neugierig zu sehen, was dieses Quintett bringt. Kein Problem, sagt Jeanne.

Sag mal, sagt Paul: War es dir ernst mit heut nacht?

2.3

Während sie auf das Boot warten, drehen Paul und Jeanne eine Runde auf dem Segelhafen. Sie sehen eine U-förmige Reihe kleiner Schiffe starten, während sie auf das große warten. Sie kommen auf dem gegenüberliegenden Quai zurück. Es ist nicht ganz klar, wie. Doch, schau, es ist ganz einfach. Am Ende des rechten Bogens vom U angekommen, sind sie umgekehrt, haben dieselben Motor- oder Motor-und-Segel-Boote gesehen, den Kopf nach rechts gewandt, in die Richtung der Kehre des Us, dann haben sie sich die Schiffe des linken Bogens angesehen, den Kopf nach rechts gewandt, dann sind sie umgekehrt und zurückgekommen, den Kopf nach links gewandt.

Ein Mädchen, nicht unhübsch übrigens, das auf der Terrasse des Restaurants saß, steht auf, kommt auf sie zu, wobei sie Paul ansieht, kennst du sie? fragt Jeanne, nein, sagt Paul, kommt näher, bleibt vor ihnen stehen, bittet Paul um eine Zigarette, er rauchte gar nicht und auch Jeanne nicht, das ist erstaunlich, sie hat es auf gut Glück versucht, aufs Geratewohl, sie hätte das Päckchen in Pauls Hosentasche erahnen können, aber Pauls Päckchen ist immer in Jeannes Handtasche, er weiß die Glimmstengel gern mit Jeannes Puderdose vereint, und das, das konnte sie nicht ahnen, es ist im übrigen nicht Pauls Päckchen, nicht seins allein, es ist auch Jeannes Päckchen, Paul und Jeanne, das weiß man, schöpfen aus demselben Päckchen, zumindest wenn sie zusammen sind, sie sind zusammen, man könnte glauben, sie seien zusammen allein, aber nein, sie sind nicht allein, sie sind zusammen, Paul durchsucht Jeannes Handtasche, Jeanne läßt sich durchsuchen wie eine Frau, die man durchsucht, Paul gibt dem Mädchen eine Zigarette, anschließend Feuer, weil das Mädchen klarerweise kein Feuer hat, das Mädchen hat nichts als seine hübsche Fresse zum Rauchen, Paul gibt ihr lange Feuer, Jeanne gefällt das nicht, sie sieht Paul zu, wie er dem Mädchen lächelnd Feuer gibt, Paul ist eher angetan von dem Umstand, daß ein junges, schönes Mädchen ihn angesprochen hat, und sei es auch nur, um eine Zigarette zu schnorren, das ist besser als nichts, er ist sich dessen bewußt, er macht sich keine Illusionen mehr, ist frei von Verbitterung, gestern abend waren sie zusammen im Bett nach längerer Verhandlung.

Er bleibt auf der Esplanade stehen, um einen Kieselstein zu entfernen, ein Kieselstein ist in seine Sandale geraten, er schüttelt das Bein wie eine große Katze, die ins Wasser getreten ist, neigt sich hinunter, versucht ihn mit dem Finger zu entfernen, der Kieselstein steckt unter der großen Zehe, seine Sonnengläser rutschen aus der Brusttasche seines Polos, er hebt sie auf, bläst drüber, steckt sie an seine Tagesbrille, gewöhnt seine Augen an die neuen Himmelsschattierungen, senkt den Blick wieder, heftet ihn an die lange Silhouette einer Frau, die an der Brüstung des Landungsstegs lehnt, schenkt ihr aber weiter keine Beachtung, dazu hat er keinen Grund, ist er nicht bereit, diese Frau ist nicht sein Typ, sein Typ ist Jeanne.

Sie steht neben dem Hafendamm, beobachtet eine sitzende Familie, sie sind zu dritt, im Badeanzug, dazu ein Hund, klein, schwarz und kugelrund, nichts als Fell, man sieht die Augen kaum, aber die Augen sehen, sie lassen den Stock nicht aus, der Vater fuchtelt mit dem Stock, der Hund bellt, der Vater wirft den Stock, der

Hund weigert sich, ihn zu holen, er keift den Vater an, als wollte er sagen, nicht ins Wasser, du Blödian, auf die andere Seite, der Sohn wirft sich in die Fluten, bespritzt die Mutter, kommt wieder heraus, den Stock zwischen den Zähnen, bespritzt die Mutter, die Mutter keift den Sohn an, dann den Vater, Vater und Mutter keifen einander an, der schuldige Hund kauert sich an die Mutter, wedelt, leckt, seine Schwanzspitze klopft, was schaust du? fragt Paul. Nichts, sagt Jeanne, wie spät ist es? Es kommt, sagt Paul.

Tut, tut, macht das Schiff von weitem. Hier bin ich, sagt es. Man sieht es schon. Es nähert sich. Jeanne hat ein wenig Angst, sich da drauf zu begeben. Paul auch. Sie haben es sich gesagt, als sie aus dem Hafenamt kamen, wo ihnen eine gutmütige Altmännergestalt mit örtlichem Akzent die Tickets verkaufte, nach Lausanne hin und zurück, wobei er freundlich wiederholte, Paul hatte es nicht verstanden, Jeanne schon, wann sie in Yvoire umsteigen müßten. Gehen wir, sagt Jeanne. Wir haben noch Zeit, sagt Paul.

Jeanne bewegt sich auf den Landungssteg zu. Paul bleibt zurück. Paul haßt es, sich zu hetzen, wenn es keinen Grund zur Eile gibt. Für Paul gibt es nie Grund zur Eile. Oder genauer, für Paul gibt es keinen Grund zur Eile mehr. Oder genauer, es wird nie mehr Grund zur Eile geben für Paul. Er sieht Jeanne beim Gehen zu. Sie hat immer diesen unregelmäßigen Hüftschwung. Sie tat gut daran, ihren gestreiften Rock anzuziehen, ihren langen, blauen Pulli. Der Rock ist ebenfalls lang. Die

Länge des Pullis verdeckt teilweise die Länge des Rockes, das schafft eine leichte Verschiebung in ihrem Aussehen, macht sie größer, schlanker.

Beim Zugang zum Landungssteg bleibt sie stehen, die Sonne ermüdet sie, sie öffnet ihre Handtasche, im gleichen Rot wie ihre Schuhe, zieht eine dunkle Brille heraus, gewöhnt ihre Augen an die neuen Schattierungen des Wassers, kommt zurück an Land, bemerkt, ohne sich länger aufzuhalten, sie mag die kleinen Blonden nicht, Paul ist ein großer Dunkler, und überhaupt denkt sie, ist sie aus dem Alter heraus, in diesem Punkt irrt sie, sie sieht noch sehr gut aus, wenn auch das stürmische Verhalten ihres großen Dunklen nichts beweist, ihr nichts bestätigt, sie sagt sich, er will mich, weil er nichts Besseres hat, worin sie sich irrt, dann kommt sie zurück auf diesen jungen Mann in Jeans, ohne auf ihn zurückzukommen, der da steht, weit hinter einer großen, schlanken Frau in Grau, ganz in Grau.

Paul folgt von weiter hinten den Steuerbewegungen des Schiffs. Das erinnert ihn an seine Bekannte Michèle, Jeannes Bekannte, ihre gemeinsame Bekannte, die einen Reisebus chauffiert. Sie arbeitet in einer Anstalt. Sie ist Unterhaltungsdame in einer Anstalt. Sie bringt Unterhaltung in die Anstalt, das kann man sagen. Hin und wieder fährt sie die Debilen spazieren. Dann denkt er an das junge Mädchen, das er einen Gelenkbus steuern sah, auf der Linie, die unter seiner Wohnung vorbeiführt. Eine Frage der Gewohnheit, sagt er sich.

Jeanne kommt zurück, sie sieht nicht fröhlich aus.

Kommst du nun? fragt sie. Ich sehe nur zwei Schaluppen, sagt Paul. Na und? sagt Jeanne. Nur so, sagt Paul, aber wie viele Personen faßt schon ein Schiff wie dieses da? Siehe die Tafel gleich beim Einstieg.

Sie gehen an Bord, verschwinden im Schatten des Innenraums. Paul sieht die Tafel, nähert sich, studiert sie genau. Jeanne wird ungeduldig. Überall klettern Knirpse herum. Gehen wir uns vorne hinsetzen, sagt sie.

Sie macht vorsichtig ein paar Schritte, tastend, testend, das Schiff macht keinen Mucks, bewegt sich nicht, der Steg ist stabil, dann geht sie entschlossen nach vorn, Paul folgt ihr. Während er das Schutzdach entlanggeht, die Fensterscheibe entlang, bemerkt er die Frisur der großen Frau in Grau. Sie sitzt mit dem Rükken zu ihm.

Der vordere Teil liegt in der prallen Sonne. Vor der Flagge mehrere Reihen Sitzbänke. Die Flagge flattert im Wind. Der Wind ist kräftig, frisch. Das Schiff läuft aus, jetzt. Jeanne und Paul haben sich gesetzt. Sie sprechen miteinander von Zeit zu Zeit, ein Wort übers Wetter, schön, ideal, auf dem Wasser, dem Schiff, es ist angenehm, bewegt wie Kinder, sie sind bewegt, ein bißchen ängstlich beide, aber wohl, sie fühlen sich wohl.

Links von Jeanne eine alte Frau in einem Zweiteiler aus leichtem Stoff, vielleicht Wildseide, mit grünen Sportschuhen, der Stoff ist orangerot, das sieht sehr hübsch aus, sie schenkt der Sonne ihr Gesicht, hält den Kopf in den Wind, platinfarbene Strähnen peitschen ihre Augen, sie scheint zu lächeln. Jeanne sieht sie an, denkt sich, tatsächlich, sie lächelt. Obwohl sie alt ist. Sie ist immer noch schön, sagt sich Jeanne.

Rechts von Paul ein portugiesisches Ehepaar mit Kind. Der Vater steht öfters auf, umkreist die Jungfrau mit Kind, filmt.

Gegenüber von Paul und Jeanne besetzen zwei Typen liegend allein zwei große Bänke. Sie sind blond, jung, schön, braun gebrannt, in Unterhosen, Engländer, sie dösen, am Vorabend haben sie wohl die Sau rausgelassen. Der eine ist kräftig wie ein Türke. Der andere feminin. Beim genaueren Hinsehen denkt sich Paul, der Weiblichere ist der Starke. Tatsächlich, der Schwächere verschwindet, kommt mit einer Tüte zurück, einer Bierdose, bietet dem Starken Eis an, öffnet das Bier, trinkt, wischt sich den Schnurrbart ab, stellt die Dose auf die Bank, nimmt seinen Photoapparat, geht bis ans Ende des Schiffs, dreht sich unter der Fahne um, photographiert den Starken, Paul und Jeanne sind im Schußfeld.

Er kommt wieder, spult zurück, eins war noch drauf, sieht seinen Freund an, als fragte er sich, wie er schöner sei, live oder als Konterfei, mit freiem Aug oder durchs Objektiv, in Unterhosen, weil er das vorauseilende Bedürfnis verspürt, ihn als Dia wiederzusehen, man weiß es ja nie ganz genau, dann legt er sich wieder hin, lustvoll miauend, unter den peinlich berührten Blicken einer strohbehüteten Frau, der Hut vom Typ Kreissäge mit Blumen. Paul stellt fest, daß die beiden kleinen Mädchen den gleichen Hut tragen wie ihre Mutter. Auch sie sind blond, blauäugig, mit schönen Zähnen.

Paul denkt an die Bergman in ihren Glanzzeiten. Die Mutter erinnert ein wenig an sie. Dem Vater ist sichtlich langweilig. Er kommt und geht pausenlos. Er kommt, bleibt stehen, neigt sich, wechselt ein paar Worte mit seiner Frau, die mit halbem Hintern auf der Hälfte ihres Platzes sitzt, dann schaut er die zwei Kerle an. Paul sagt sich, er wird gleich was tun. Jeanne schaut Paul an, als wollte sie sagen, die übertreiben. Paul sagt sich: Es ist wie mit den Schwarzen, man wagt es nicht, was zu sagen. Im übrigen ist es ihm Wurscht. Dem Ehemann auch, er geht wieder spazieren. Der Kopf des Starken ruht fast auf den Knien seiner Frau. Alles in allem liegt der größte Fehler des Starken in seiner Stärke. Der des Ehemanns in seiner Feigheit. Die Frau, immer peinlicher berührt, sieht, wie ihr Mann sich verzieht. Sie streichelt die Wange einer ihrer Töchter, rückt den Hut der anderen gerade, ihr eigener fliegt davon. Das mußte ja so kommen, denkt Paul. Jeanne lacht. Die Frau läuft ihrem Hut hinterher, fängt ihn, kommt zurück, zögert. Sie ist daran, sich wieder hinzusetzen. Stehend, den Hut in der Hand, blickt sie auf den nackten Körper des Starken. Paul blickt auf den Blick der Frau, dann auf den winzigen Slip, randvoll wie ein schöner Tag. Dann doch lieber nicht: Kommt, Mädchen, sagt sie.

Man trifft in Yvoire ein. Das Schloß taucht in einem schönen Rahmen grüner Kiefern auf. Das ist schön, sagt Jeanne, schau, wie schön das ist, sieh dir die kleinen Häuser, all die blumengeschmückten Balkons an.

Es ist halb zwölf.

Um zwölf geht das Schiff nach Lausanne.

Als sie vom Schiff steigen, inmitten dieser kleinen, schlendernden Menge, sieht Paul die Frisur der graugekleideten Frau wieder und Jeanne die blonde Bürste des jungen Mannes, der ihr gleichgültig ist, und jeder sagt sich, da schau her, schon wieder die, schon wieder der.

Es ist zu früh fürs Mittagessen. Im übrigen hat Paul keinen Hunger, Jeanne auch nicht, es trifft sich gut. Daß, wenn sie hungrig wären, sie keine Zeit zum Mittagessen hätten. Oder richtig: Wenn sie hungrig wären, hätten sie keine Zeit zum Mittagessen. Gehen wir auf eine Runde in die Stadt, sagt Jeanne.

Auf dem Kirchplatz läuten die Glocken, sie beobachten von weitem einen Hochzeitszug, ein kleiner weißer Kegel am Arm eines großen melancholischen Strichs. Dann, wir sind in Eile, besuchen sie rasch das Terrarium, Jeanne sinkt unter den toten Augen eines Kaimans, der seit mindestens hundert Jahren vor sich hin gähnt, zu Boden, Paul schleppt sie unter einen Ventilator, geht's dir besser? fragt er. Ja, sagt Jeanne, ich weiß nicht, was mit mir passiert ist. Paul denkt: Die Hochzeit oder der Kaiman? Du bist doch hoffentlich nicht schwanger.

Um zwölf nehmen sie das Schiff nach Lausanne.

In Lausanne ist es zu spät zum Mittagessen. Sie landen schließlich in einer furchtbar teuren Crêperie. Im Preis ist inbegriffen, daß die Spatzen in ihren Tellern herumpicken, reizende kleine Vögel mit Füßen, Federn, einem Schnabel, Jeanne ist entzückt, Paul ebenfalls, aber das geht fünf Minuten lang so. Genervt wendet er den Kopf ab, glaubt die graugekleidete Frau auf der Terrasse des benachbarten Restaurants zu erkennen. Diesmal hat er Lust, mit Jeanne darüber zu sprechen. Seine Erregung bedürfte Jeannes Aufmerksamkeit, aber Jeanne tut sich schwer, sich mit der Kellnerin über den Wechselkurs des Schweizer Franken zu einigen. Sie begreift nicht, daß man das Ganze noch mit vier multiplizieren muß. Fünfhundert Francs für vier Crêpes und eine Flasche Apfelwein, aus der Normandie übrigens, das ist schon etwas viel, sagt Jeanne. Paul wird nervös.

Es ist halb vier.

Das Schiff zurück geht um fünf.

Gehen wir uns die Kathedrale ansehen, sagt Jeanne. Paul hatte eher an das Museum zeitgenössischer Kunst gedacht, aber von mir aus, gehen wir uns die Kathedrale ansehen. Weißt du wenigstens, wo sie ist? fragt er. Am höchsten Punkt der Stadt, sagt Jeanne, man konnte sie vom Schiff aus erspähen.

Also geht's durch die Stadt hinauf. Es ist heiß. Paul erkundigt sich. Ist weiter oben. Erkundigt sich neuerlich. Noch weiter oben. Sind Sie zu Fuß da? Leider ja. In diesem Fall, nun ja, noch zwanzig Minuten.

Na endlich, der Gipfel, eine Kirche. Bedauerlicherweise handelt es sich nicht um die große Kathedrale. Besuchen wir halt diese, sagt Paul. Sie wird renoviert, sagt Jeanne. Tatsächlich ist die Kirche mit Gerüsten umgeben, auf denen Araber herumklettern. Paul erkundigt sich. Die Belagerung dauert seit sechs Wochen an. Paul muß an die Kreuzzüge denken, an die Gekreuzigten, an den Halbmond, jetzt fängt das wieder an, unter freiem Himmel. Und die Kathedrale? fragt er. Da müssen Sie noch weiter hinauf. Sie gehen noch weiter hinauf.

Beim Weiterhinaufgehen kommen sie auf einen kleinen Platz voller Musik. Paul ist ganz ergriffen von all der Schönheit, die sich hier verschanzt hält. Die Musik, der Brunnen in der Mitte des Platzes, die Treppen, die den Brunnen umgeben, die Stufen sind voll von Leuten, die dasitzen und der Musik zuhören, es sitzen auch welche am Rand des Bürgersteigs, andre stehen, unter ihnen Novizen in Schwarz mit grauer Gesichtsfarbe und Schnauzbart.

Hör zu, sagt Paul, es ist auf jeden Fall zu spät: Selbst wenn wir sie finden, was mich ehrlich wundern würde, hätten wir keine Zeit mehr für die Besichtigung. Bleiben wir da. Ruhen wir uns aus. Setzen wir uns.

Paul und Jeanne bitten ein paar Leute, sie vorbeizulassen, und setzen sich ganz oben auf den Brunnenrand, das Wasser rinnt, Paul taucht seine Hände ein, es ist kühl, die Musiker sind schön, jung, vier an der Zahl, ein Streichquartett, sie spielen, hintereinander, einen Auszug aus den Sieben letzten Worten des Erlösers am Kreuz, die Transkription einer Fuge, dann den langsamen Satz eines mittleren Quartetts, es ist dumm, aber Paul schnürt es den Hals zu, das ist kein Wunder, wenn Sie die Schönheit überrascht, wo Sie sie nicht mehr zu finden hofften, dann ist sie stärker, dann tut sie weh.

Es ist drei Viertel fünf.

Es ist gerade noch genügend Zeit, sagt Jeanne. Paul lächelt ihr zu, als wollte er sagen, ich hatte recht, oder nicht?, hatte ich nicht recht? Der Trottel hat Tränen in den Augen. Jeanne küßt ihn, als wollte sie sagen, aber ja, aber ja.

Sie gehen mit großen Schritten die Stadt hinunter, Hand in Hand, sie reißen einander mit, halten einander zurück vor zuviel Schwung, erreichen das Boot mit knapper Not, es ist nicht dasselbe. Zum Zurückfahren setzen sie sich hinten hin, über der Schiffsschraube, das Deck vibriert.

Das Deck ist menschenleer, nur ein anderes Paar sitzt an einem Tisch im überdachten Teil, ein Mann und eine Frau, Paul sieht sie nicht, er wird sie bald genug erblikken, fürs erste kehrt er ihnen den Rücken, er hat sich Jeanne gegenübergesetzt, er ist müde, die Sonne irritiert ihn.

Jeanne beobachtet das Paar hinter ihrer dunklen Brille, sie hat den jungen Blonden wiedererkannt, sie hätte diesmal Lust, mit Paul darüber zu sprechen, ihre Erregung bedürfte Pauls Aufmerksamkeit, aber Paul, der es satt hat, das Ufer vorbeiziehen zu sehen, entschließt sich, den Platz zu wechseln, um ins Weite zu schauen, auf die große, dunkelgrüne Wasserfläche, die Berge, die sich in der Ferne abzeichnen und an etwas wie die langsame Umschiffung eines Kaps oder einer Meerenge denken läßt. Er setzt sich neben Jeanne, richtet seinen Blick wieder aufs Deck.

Hast du gesehen? fragt er. Was? fragt Jeanne. Den Typen dort, mit dieser Frau in Grau. Ja, sagt Jeanne, und weiter? Das ist er, sagt Paul. Das ist wer? Na, er halt, sagt Paul, der Typ, der zu uns gekommen ist, um den Kanal auszuräumen, den ganzen Mist. Aber nein, sagt Jeanne, du täuschst dich sicher, er sieht ihm bloß ähnlich. Ja, vielleicht, sagt Paul, schon möglich, aber trotzdem, stell dir vor, wenn er es wäre? Na, und wennschon? sagt Jeanne. Ich hätt ihn mir nicht mit so einer Frau vorgestellt, sagt Paul. Warum nicht, sagt Jeanne, was ist Besonderes an der? Nichts, sagt Paul, nichts, das heißt, ich weiß nicht, aber trotzdem, stell dir vor, wenn er es wäre? ich muß nachsehen gehen. Er steht auf. Nein, also, sagt Jeanne, nein, hör zu, setz dich doch hin, kommst du bitte wieder?

Paul manövriert zwischen den Bänken hindurch. Auf halbem Weg zum überdachten Teil, er ist recht nah, schaut er, genau, auf sehr indiskrete Art, auf schamlose Art, auf eindringliche Art, wie ein Schwarzer, der seinen ersten Weißen anstarrt, ein Dunkler seinen ersten Blonden, erkennt Lorettu, dreht sich um, er hat ihn eindeutig wiedererkannt. Er tritt an den Tisch, an das Paar heran. Cécile sieht jemanden herantreten und zieht ihre Hände zurück, Lorettu hielt ihre Hände, Lorettu war es gelungen, er hielt ihre Hände in seinen, und jetzt kommt da einer. Er sieht Paul an, erkennt Paul. Na, so was, sagt er.

Wir sitzen im selben Boot, sagt Paul. Aber ja, sagt Lorettu. Waren Sie in Lausanne? fragt Paul. Aber ja, sagt Lorettu. Sie auch? fragt er. Aber ja, sagt Paul. Als ich Sie erkannte, sagt er, bin ich hergekommen, um mit Ihnen zu sprechen. Das sehe ich, sagt Lorettu, was wollten Sie mir sagen? Ich wollte Sie fragen, sagt Paul. Was? fragt Lorettu. Ob es Sie stört, wenn wir morgen kommen, um Ihnen zuzuhören, sagt Paul. Aber nein, sagt Lorettu, wissen Sie, wo? Ja, ja, sagt Paul, Sie werden staunen, ich weiß sogar, wie Sie heißen. Lorettu sieht Cécile an. Paul ist eifersüchtig auf Lorettus Blick. Er sieht Cécile an. Sie sieht Lorettu an. Er ist eifersüchtig auf Céciles Blick. Wenn er wirklich verrückt wäre, würde er sich zwischen die beiden werfen. Es wird ihm bewußt, daß er schon dazwischen ist, daß er nur deshalb hergekommen ist, seine Rolle als Eindringling belustigt ihn, als Verrückter, der alles gesehen hat, das belustigt ihn, er hat gesehen, wie Cécile ihre Hände zurückzog, er hat gleich begriffen, daß Lorettu, er hat Lust, ihm zu sagen, mein junger Mann, das fängt nicht gut an, das ist keine Frau für dich, ein großer Blödsinn ist das, nicht einmal für mich, keineswegs für mich, na, und du, schau dich mal an?, er fährt fort: Basile Lorettu, sagt er, stimmt's?, dann: Meine Frau und mich hat das frappiert, wir haben uns gefragt, woher Ihr Name kommt, dann: Meine Frau, das ist die Dame, die dort sitzt. Lorettu sieht auf die Frau, die hinten sitzt, unter der Schweizer Flagge. Und diese Dame da, sagt er und zeigt auf Cécile, als wollte er sagen, ich hab auch eine Frau, das ist Cécile, darf ich Ihnen Cécile vorstellen? Pauls Blick auf ihr. Ihrer auf ihm. Brrr. Sehr erfreut, sagt Paul, dann: Na gut, also bis morgen.

Cécile und Lorettu haben das Museum zeitgenössischer Kunst besucht, sie haben sich in den Sälen aus den Augen verloren, der eine blieb vor einer Sache länger stehen, der andere anderswo vor einer anderen, wenn man sich dann wiederfindet, welche Freude, sie wieder auftauchen zu sehen, sie kommt auf ihn zu, er steht starr vor einem Bild von Max Ernst mit dem Titel Unsichtbare Frau, oder Eine unsichtbare Frau, oder Die unsichtbare Frau: endlich eine da, sagt Lorettu. Das bringt Cécile zum Lachen.

3.3

Sie hat ihr Kopftuch vergessen. Sie weiß es noch nicht. Sie wird es beim Verlassen des Gebäudes bemerken. Wenn sie sehen wird, daß das Auto schon wieder offen ist, die Betonung liegt auf schon wieder, wird sie sich wieder ganz zerrauft vor sich sehen, die Haare im Kriegszustand, wie bei einer Verrückten auf der Flucht, und sagen, verdammt, mein Kopftuch.

Sie verläßt das Gebäude, sieht den T. R. 3 mit offenem Dach. Verdammt, mein Kopftuch, sagt sie, und dann zu ihrer Tochter: Wart auf mich, ich komm gleich, es dauert nicht lang. Die Tochter fragt sich, was ihre Mutter vergessen hat. Sie fragt ihre Mutter. Cécile hat sich schon umgewandt, gibt ein kurzes Zeichen mit der Hand und geht in das Gebäude. Die Tochter sagt sich, gut, dann warten wir halt, überlegt, dann sieht sie auf die Uhr, sagt sich, wenn wir nicht rechtzeitig kommen, werden wir keinen Sitzplatz bekommen, und geht dann wieder auf und ab, hundert Schritte, wie die Franzosen sagen. Sie wird die hundert aber nicht ganz schaffen. Man schafft im übrigen nie genau hundert. Mehr als hundert, weniger als hundert, nie hundert, das gibt es nicht. Es sei denn, man legt es darauf an, aber in diesem Fall wartet man auf nichts und niemanden mehr. Oder man deliriert, möchte etwas, das nicht eintrifft oder auf sich warten läßt, zum Eintreffen oder Wiederkommen bringen.

Die Mutter kommt wieder, steigt oder besser fällt ins Auto, diese kleinen Schüsseln sind so niedrig. Und so hart. Wie gesagt, da drinnen spürt man, daß man lebt. Nicht wahr, Kleines? Die Tochter gibt kräftig Gas. Sie hat so ein Lächeln. Sie muß an Philippe denken, der bei einem Start dieser Art das Hintergestell verlor, an dem Tag als. Sie mit ihm war. Sie waren bei einer roten Ampel stehengeblieben, neben einem großen Laster. Der Fahrer beugt sich vor und fragt von seiner Dreckskiste herab: Womit hast du dir deinen Oben-ohne-Schlitten verdient, Kleiner, mit deinem Arsch? Philippe sieht die Kleine an, dann den Fernfahrer und sagt: Nein, mit meinem Mund, dann bricht er in Gelächter aus, startet wie ein Wilder und – krach. Die Triumphs waren noch nie sehr stabil.

Cécile gibt es auf, ihr Kopftuch im Nacken knoten zu wollen, knotet es schließlich unterm Kinn. Ihre Tochter sieht sie an, als wollte sie sagen. Sagt es ihr. Du siehst fein aus, sagt sie. Schau nach vorn, sagt Cécile und läßt noch eine Strähne unter das Kopftuch gleiten, auf Höhe der Schläfe, dann prüft sie, wie sie jetzt aussieht, findet: gar nicht so schlecht, sagt sich, ich bin gar nicht so häßlich, wie sie tut, älter, das stimmt, aber viel hübscher als sie, dann sieht sie ihre Tochter an, im Vergleich, wofür hält sie sich bloß, diese eingebildete kleine Ziege?, dieser kleine Fetthaufen, ich darf wohl so denken, sie tut sich auch keinen Zwang an, denkt sie, das könnte mich kränken? Cécile sagt sich solche Sachen, schau dich an, schau dich doch an, gestutzte Venus, ich frag mich, von wem sie das hat.

Sie bewegt das Lenkrad gewaltsam, die Hände auf drei Viertel drei, in den Schalensitz gequetscht, die Nase auf Höhe der Motorhaube, man sieht sie kaum, aber Vorsicht, sie fährt schnell, sehr schnell, erschreckt die Fußgänger, schneidet rücksichtslos, fährt aus der Stadt, gelangt auf die Bundesstraße, verläßt die Bundesstraße. Man trifft sie auf der Bergstraße wieder, das Gaspedal durchgedrückt, der hintere Teil des T. R. 3 radiert auf der Straße. Cécile ist grün.

Weiß Philippe, daß du so mit seinem Auto umgehst? fragt sie. Natürlich, sagt die Kleine, er war es ja, der mir gesagt hat, ich solle es ein wenig laufen lassen. Aber sicher nicht so, sagt Cécile. Aber ja, ganz im Gegenteil, sagt ihre Tochter. Und der Militärdienst? fragt die Mutter, geht's gut? Gewöhnt er sich? Es geht, es geht, sagt die Tochter. Schreibst du ihm? fragt die Mutter. Nein, sagt die Tochter. Solltest du aber, sagt die Mutter, das würde ihn bestimmt freuen (der ganze Dialog wird gebrüllt wegen des Motors, des Sportwagenauspuffs, des Fahrtwinds), die Tochter hat es satt, ihre Mutter brüllen zu hören, brüllend zu antworten, sie liebt Autofahren, und ihre Mutter geht ihr auf den Wecker, sie hatte gedacht, sie würde ihr eine Freude machen, wenn sie sie ausführt, ihren kleinen Basile zu sehen, und ihr fällt nicht Besseres ein.

Du könntest ihm wenigstens ein Päckchen schicken, brüllt sie und muß gegen ihren Willen an einen Cousin denken, der gegen seinen Willen in den Algerienkrieg mußte, sie mochte ihn gern, den Cousin, sogar mehr als gern, aber zwischen Cousins steht so was unter keinem guten Stern. Hörst du mich? brüllt sie. Ich hör dich, aber von welchem Geld? schreit die Tochter, die gerade aus dem Urlaub zurückgekommen ist. Cécile schaut sie an und legt wieder die Platte mit dem Scheck auf. Nein, ich bitte dich, fang nicht wieder damit an, schreit die Tochter, sie sieht sich schon wieder in dem Reisebüro, die Scham, möchte sich am liebsten verkriechen, so schämte sie sich, während sie zu ihrer Mutter sagte, hör zu, komm, macht nichts, laß es sein, und die Mutter sagte, nein, nein, nein, das kommt gar nicht in Frage, das wäre zu einfach, die Tochter darauf, gut, ich verzieh mich, ich warte draußen auf dich, die Mutter darauf, tu das, tu das. Die Tochter geht hinaus. Die Mutter pflanzt sich vor der Tür auf und bearbeitet den Kunden, der gerade eintritt, sagt ihm, gehen Sie nicht in dieses Reisebüro, es ersetzt die Tickets nicht, die es verschmeißt.

Da hast du ihn, deinen Scheck, sie ist ein bißchen rot, ein bißchen zerrauft, aber sehr würdig, in Grau wie immer, ihre Tochter sieht sie an: Sehr gut, sagt sie, das ist sehr gut, bravo, bist du stolz auf dich? was treibt denn der da?

Der da, das ist Paul.

Ein Paul, der sich fragt, was dieser Engländer von ihm will, Lichthupe, vielleicht stimmt irgend etwas nicht, die Tür halb offen oder der Reifen hat zu wenig Luft, die Radkappe verbogen, Rauchwolken, der Auspufftopf verklemmt, reibt, schlägt Funken, das würde ich hören, sagt er sich, die Rauchwolken würde ich sehen, und was die Tür anbelangt, er dreht sich um, die ist zu, die andre auch, vielleicht hat er's bloß eilig, der wird schön warten, aber nein, der Engländer sieht das nicht so, er hupt, was ist los? fragt Jeanne.

Diese englische Klette hängt mir an der Stoßstange, sagt Paul. Woher weißt du, daß die aus England ist? fragt Jeanne, von Eifersucht erfaßt. Es ist ein Triumph, sagt Paul, ein englischer Wagen. Ach so, sagt Jeanne, ich dachte, du meinst das Mädchen am Steuer. Typisch englisch, sagt Paul, Lenkrad rechts, Schmetterlingsbrille, Kopftuch und überhaupt: Es kommt selten vor, daß rechtsgesteuerte Wagen in Frankreich angemeldet werden. Dann ist sie Französin, sagt Jeanne. Nicht unbedingt, sagt Paul. Sie könnte wohl, sagt er, wild entschlossen, irgendeine These zu vertreten, und sei sie noch so absurd, wie zum Beispiel die eines zeitweiligen Transits, aber. Erneutes Gehupe, verbunden mit einer Reihe kurzer, trockener, nervöser, wutentbrannter Lichtsignale. Laß sie vorbei, sagt Jeanne. Tät ich ja gern, sagt Paul, aber wo?

Der Peugeot der Saint-Sabins kommt in Sichtweite der Lichtung, man sieht schon die Fahne, den Campingplatz der Belgier. Stell dich da her, sagt Jeanne. Paul stellt sich hin. Die Belgier, die im Türkensitz rund um ein Feuer sitzen, sagen sich, hoppla, wir kriegen Besuch, dann stimmen sie im Chor wieder ihr Trinklied an. Der T. R. 3 überholt brumm-brummend den Peugeot von Paul und Jeanne. Beide sehen die große Cécile vorbeifahren, sehr würdevoll, Brille, Kopftuch, unkenntlich. Und doch, Paul hat so eine Ahnung. Jeanne nicht. Lenkrad links, sagt sie. Ja, gut, okay, sagt Paul, hast du gesehen, wie klein das Mädchen ist?, im Rückspiegel konnte ich sie nicht sehen. Fährst du weiter? fragt Jeanne.

Paul startet wieder mit seinem Zweifel, läuft ihm nach, beschleunigt. Was ist denn los? fragt Jeanne.

4.3

Paul murrt, weil ein Mofa allein einen ganzen Parkplatz blockiert. Es ist Fernands Mofa. Lorettu und Fernand sind auf Fernands Mofa gekommen, Lorettu hielt sich an Fernands Schultern fest, Fernand steuerte, das Saxophon im Rücken, den Koffer ordentlich zwischen Lorettus Bauch und Fernands Rücken geklemmt, wobei Lorettus Kopf ein wenig vorragte, von vorn gesehen rechts von Fernands Kopf, Lorettus Augen blickten auf die Straße, Augen, die tränten wegen des Fahrtwinds.

Paul parkt das Auto etwas weiter entfernt, stellt den Motor ab, das Radio verstummt im Nu, die Türen gehen auf, Jeanne steigt aus, Paul auch, die Türen fallen fast gleichzeitig zu, es folgt Stille, dann das Geräusch von Pauls und Jeannes Schritten auf dem Kies.

Das Tal erscheint schöner, aber heute ist das Wetter klar. Nicht nur das Tal. Auch die Berge erscheinen schöner. Nicht nur die Berge. Auch das Kloster erscheint schöner. Es ist dasselbe, aber es ist ein anderer Tag. Es liegt nicht bloß am Tag. Paul muß ein beschissenes Brett vor Augen gehabt haben neulich. So wie tagtäglich, aber heute ist Paul nicht derselbe. Es ist ein anderer Paul, der sich im Kloster einfindet, ein Paul, der sich des anderen Paul entsinnt, des Paul von einst.

Auch eine andere Jeanne, eine verlegene Jeanne wie neulich, aber heute kann sie sich nicht weigern einzutreten.

Sie gehen durch die splittbedeckten Alleen, die Rasenflächen, die Stiefmütterchenbeete entlang, vorbei an konisch und kugelig gestutzten Buchsbäumen.

Weißt du, wo es ist? fragt Jeanne. Folgen wir dem Pfeil, sagt Paul, und: Wir müssen auf die Stufe achten: Beim Eingang ist eine falsche Stufe, die ist teuflisch.

Beim Eingang verkauft ihnen ein entzückendes, rothaariges junges Mädchen mit frischem, sommersprossigem Gesicht für zwanzig Francs das Eintrittsrecht, ein erbärmliches numeriertes Ticket, das von seinem kleinen Stammheftchen getrennt wurde. Im Preis inbegriffen ist ein, sagt das junge Mädchen. Was? fragt Paul. Getränk. Orangen- oder Zitronenlimonade. Wahlweise ein Glas.

Paul hätte sich gern länger aufgehalten, das junge Mädchen ist so süß, findest du nicht, Jeanne? Jeanne wird ungeduldig.

Paul hätte sich gern länger aufgehalten, aber genau in diesem Augenblick hört er den Baß erklingen, durch die weitoffene Tür, die Treppe von der Krypta herauf. Der Baß spielt ein Thema, das er kennt. Der Baß spielt So what. Paul sagt sich, da schau her, was heißt Quintett, eigentlich ist das ein Sextett, na, ich weiß nicht mehr, warum sollten sie es nicht als Quintett bringen.

Der Baß sagt irgendwas, und die Rhythmik antwortet: So what. Paul steht da, wie angewurzelt, unfähig, sich zu bewegen. In der nächsten Passage ist es das Trio, das antwortet, sie sind ihrer drei, Alt, Tenor, Trompete. Welch ein Klang! Paul ist gehörig verwirrt, um nicht zu sagen ganz, und gar überwältigt. Jeanne stößt ihn in den Rücken. Geh weiter, sagt sie. Pst, warte, sei still, hör zu, hörst du? Wenn das Trio antwortet, hört man auch die Stimmen der Leute, die murmeln, leise summen: So what. Hörst du?, die Leute, sie singen. Ja, ich höre, aber geh weiter, sagt Jeanne.

Paul geht langsam die Treppen hinunter. Im Rhythmus der Stufen, die er hinuntergeht, entdeckt Paul den Raum der Krypta, die Musiker, die Leute, was heißt Leute, es sind Jugendliche, Mädchen, Kerle, die singen.

Paul hat eine Gänsehaut, Schweiß auf der Stirn, es läuft ihm kalt den Rücken runter. Jeanne schubst ihn. Er hält stand, bleibt da, auf halber Höhe der Treppe, weiß nicht, wohin schauen, weiß nicht mehr, soll er schauen, zuhören, dastehen, weitergehen.

Lorettu übernimmt das erste Solo, hebt ab, entlockt den Leuten, den Jugendlichen, Ja-Rufe, Yeah-Rufe, weiter, Mann, Yeah-Yeah, zeig, was es kann, kleine Schreie, Pfiffe.

Auch Jeanne ist bewegt, es ist lang her, an die dreißig Jahr', daß sie zuletzt bei so einer Veranstaltung war. Sie schubst Paul, sagt ihm leise, da, sie zeigt auf einen Platz, einen Platz, wo sie sich hinsetzen können.

Sie gehen weiter, zwischen den Leuten durch, zwischen Jugendlichen, nichts als Jugendlichen. Paul, beklommen, ein wenig zittrig, schaut die Musiker an. Lorettu legt sich ins Zeug wie ein Wilder. Seit Parker hat Paul nichts Vergleichbares mehr gehört, nichts technisch so Vollendetes, nichts so Starkes, so voller Inspiration. Paul bleibt stehen, fasziniert von Lorettus Spiel. Jeanne stößt an ihn, dann schubst sie ihn. Geh weiter, sagt sie. Paul setzt sich wieder in Bewegung, kommt ein wenig voran. Bleibt wieder stehen, sieht Lorettu wieder an, der hat sein Spiel gerade beendet. Die Leute, nichts als Jugendliche, klatschen. Paul, immer noch stehend, auch. Lorettu sieht Paul, der als einziger steht, vor Jeanne. Er macht Paul ein Zeichen. Paul antwortet ihm mit einer Art Guck-Guck. Jeanne sieht Lorettu an. So, hier herinnen, mit seinem Instrument, kann sie ihm einen gewissen Charme abgewinnen. Lorettu zeigt mit seinem freien Arm Paul und Jeanne, er hat Jeanne entdeckt, einen Platz, setzt euch dorthin. Dort, das ist der Ort, wo Cécile und ihre Tochter sitzen. Dorthin? scheint Paul zu fragen. Genau, scheint Lorettu zu sagen.

Der Tenorsaxophonist hat das zweite Solo übernommen. Céciles Tochter klatscht in die Hände, wippt auf ihrem Hocker, bewegt die Taille hin und her. Sie sieht Paul auf sich zugehen, fragt sich, wer das ist, sagt sich, der schaut nicht schlecht aus, kann aber die Musiker nicht mehr sehen, beugt sich vor. Paul nähert sich, bleibt stehen, neigt sich, um sie zu grüßen, sie und ihre Mutter. Sie hört auf, in die Hände zu klatschen, sieht ihre Mutter an. Cécile hat Paul wiedererkannt. Brrr. Setzen Sie sich, sagt sie zu Jeanne. Jeanne, die nichts gehört hat, beugt sich lächelnd über Cécile, dann bewegt sie die Finger neben ihrem Ohr, als wollte sie sagen, ich höre nichts, und sagt, wie bitte?, Cécile beugt sich nach vorn und schreit: Wollen Sie sich setzen? und sieht dabei Paul an. Paul sagt ja, setzt sich, dann: Wie geht es Ihnen?, aber keiner hört ihn. Weil keiner kann. Céciles Tochter stößt kleine Schreie aus, wackelt mit den Hüften, feuert den Tenorsaxophonisten an. Jeanne hat sich gesetzt. Cécile sieht sie an. Jeanne sieht Cécile an. Cécile und Jeanne sehen einander an. Es ist schwer, einander anzusehen, wenn man nicht miteinander sprechen kann, scheint Jeanne zu sagen. Cécile scheint zu verstehen, was Jeanne zu sagen scheint. Sie sieht Jeanne mit einem Lächeln an, wiegt den Kopf im Takt. Jeanne glaubt zu verstehen, daß Cécile Jazz mag. Keinesfalls. Cécile mag Jazz überhaupt nicht. Sie mag Lorettu gern, das ist alles. Aber. Jeanne kann nicht wissen, daß Cécile Lorettu nur gern mag und Jazz gar nicht. Sie glaubt, daß Cécile Jazz mag. Sie hat Lust, ihr zu sagen, auch ich mag Jazz. Und. Weil sie es ihr nicht verständlich machen kann, wiegt auch sie ihren schönen Kopf im Takt, ihre Augen in Céciles Augen, den Rücken zum Sextett gewandt. Paul wendet ihr ebenfalls den Rücken zu. Paul ist nicht gekommen, um sich die von Jeanne angesehene Cécile anzusehen, auch nicht, um sich die von Cécile angesehene Jeanne anzusehen, obwohl ihm hier die Cécile ansehende Jeanne schöner erscheint als Cécile und als je zuvor. Er dreht sich auf seinem Hocker herum, wendet den drei Frauen den Rücken zu, einer halben Frau, der Tochter, einer Frau, seiner eigenen, eineinhalb Frauen, der von, nein, von niemandem, er sieht den Tenorsaxophonisten an, lauscht dem Tenorsaxophonisten.

Es gibt ein mittleres Tempo vor, mit der Rhythmik läuft's wie geschmiert, schön flüssig, man hat Lust, sich mitreißen zu lassen, aber nicht in die Leere, nein, man fühlt sich viel zu gut, der Oberkörper bewegt sich in kleinen, geschmeidigen Rucken, sehen Sie, so, und wieder zurück, jetzt das gleiche von links nach rechts. Paul hält sich zurück, aber nicht lange, die Lust reißt ihn entzwei, von oben nach unten, vom bebenden Kopf über das klopfende Herz zum Unterbauch, dort herrscht ein Tohuwabohu ganz genau so, als müßte er im nächsten Moment aufs Klo, man sieht, wie Paul drauf und dran ist, sich mitreißen zu lassen, man muß aber auch sagen, daß der Tenorsaxophonist.

Der Tenorsaxophonist spielt gut. Ja, okay, es ist nicht Coltrane, aber trotzdem, er spielt gut, sehr gut sogar, auf eine klassischere Art als Trane, es erinnert Paul eher an Johnny Griffin, weniger gut natürlich, weil Griffin, punkto Einfallskraft, vom Typ grenzenlose Improvisation, von keinem übertroffen wurde und auch nicht werden wird, man findet übrigens in Griffins Klangfarbe genau das Weiche, das Klagende, Zitternde wie bei Parker, sagt sich Paul, der das Saxophon fixiert und sich daran erinnert, was es wiegt, wie es sich anfühlt, schaut auf die langen Finger des Typen auf den Perlmuttklappen, den Glanz des goldenen Metalls, die Gravur des Schalltrichters, es tut gut, das alles wiederzusehn, sich an alles zu erinnern, was dazugehört, es tut gut und auch wieder nicht gut, es tut wohl, und indem es wohltut, aber okay, denken wir nicht daran, denkt Paul, der Tenorsaxophonist ist fertig und wird heftig beklatscht, auch Paul klatscht.

Dann ist Georges an der Reihe, der Australier, der Beinahe-Australier, erinnern Sie sich?, die Känguruhs mit den Boxhandschuhen, das ist er, er hat gut daran getan zurückzukehren, er ist mit seiner Frau Sophie gekommen, einer kleinen Dunklen mit Schlitzaugen und einer schmalen Brille, von Fehlgeburten mitgenommen, sie muß irgendwo da drüben sein, ja wirklich, dort ist sie, neben Fernand, sie spricht mit ihm, während Georges.

Georges spielt besser, er muß geübt haben, seine Einsätze sind freier, stimmiger, er liefert uns eine Mischung aus Miles und Clifford Brown, aber was soll's, es ist nicht schlecht, es gelingt ein Entwurf, halbe Sätze, aber was soll's, es erscheint ganz natürlich, sein natürlich-trauriger Swing entschädigt für alles, es ist gut, mein Alter, mach weiter so, er hat die Tendenz, immer das gleiche zu tun, indem er die Modulation des Übergangs scharf attackiert, aber es ist gut, Georges, mach weiter so, die Rhythmik folgt dir.

Sie läuft wie geschmiert, Claudes Beckenschlag hat einen schönen Klang, er spaziert leichten Fingers die Trommeln entlang, Nassoy, Baß, und Patrick, Piano, sehen sich öfters an, als spielten sie nur zu zweit, aber mir nichts, dir nichts gehen sie doch auf das ein, was Georges tut, und die beiden Saxophonisten hören ihm zu, das Instrument quer überm Bauch, und Paul läßt, während er Georges lauscht, den Tenorsaxophonisten nicht aus den Augen.

Dann Piano solo.

Baß solo.

Schlagzeug.

Reprise. Die Leut, nichts als Jugendliche, singen erneut, als Lorettu und die beiden anderen dem Baß antworten, mit einer neuerlichen Exposition des Themas, dann klatschen sie, pfeifen sie und Pause. Lorettu legt sein Alt aufs Piano, wechselt einige Worte mit dem Pianisten, gewiß ein Scherz, man sieht ihn lachen, es tut gut, Lorettu lachen zu sehen, dann wendet er sich dem

Platz zu, wo sie sitzen: Cécile, ihre Tochter, Jeanne und Paul.

Er kommt näher. Bleibt vor dem sitzenden Paul stehen. Paul steht auf, reicht ihm die Hand, schüttelt ihm amerikanisch-lässig die Hand. Paul würde gern ein paar Worte sagen. Paul findet keine Worte, die er sagen könnte. Paul beglückwünscht Lorettu mit einem Blick, einem Lächeln, einem kräftigen Händedruck. Lorettu schüttelt den Kopf, als wollte er sagen, geben Sie sich weiter keine Mühe, zieht seine Hand zurück, reicht sie Jeanne, indem er sich über sie neigt. Jeanne nimmt Lorettus Hand, läßt sich die ihre sanft schütteln, senkt die Augen unter Lorettus eindringlichem Blick. Cécile sieht Jeanne an, dann Lorettu. Die Tochter sieht ihre Mutter an, dann Paul, sagt sich, der ist nicht übel, den geb ich mir. Paul sieht Cécile an. Paul hat bemerkt, daß er Cécile ohne Jeannes Zustimmung ansieht, bietet Lorettu seinen Hocker an und geht sich einen andren holen.

Kommt damit zurück, steht hinter Fernand. Fernand, über die Frauen gebeugt, bietet ihnen einen Schluck von dem Whisky an, den er mitgebracht hat. Er schenkt ihn in die Becher der Frauen ein, dann in den von Lorettu, dreht sich um, stößt mit Paul zusammen. Paul sieht ihn an. Fernands Visage erinnert Paul an die eines Free-Jazz-Altisten: Sind Sie auch Musiker? fragt Paul ins Stimmengewirr der Jugendlichen hinein. Ganz und gar nicht, nein, sagt Fernand, und Sie?, gehören Sie zu uns? Ja, sagt Paul. Dann schenk ich Ihnen einen ein? sagt Fernand. Nur zu, sagt Paul.

Als dann endlich alle was zu trinken haben und Paul den Blick umherschweifen läßt, er verhält auf mehreren Gesichtern, er kann sich in letzter Zeit an Gesichtern nicht satt sehen, nachdem jeder seinen Senf zum Whisky abgegeben hat und Fernand wieder plaudern gegangen ist, diesmal mit Georges und Sophie, findet keiner mehr irgendwas zu sagen, jeder läßt den Blick umherschweifen, verhält auf einzelnen Gesichtern.

Das der Kleinen ist ganz verwirrt, weil sie der Pony auf den Wimpern irritiert. Sie hält nicht still auf ihrem Hocker, die Tochter von Cécile. Die Mutter hat Lust, ihr zu sagen, schließ dich doch den Gleichaltrigen an. Sie sagt nichts, hört auf, ihre Tochter anzusehen, sieht Lorettu an, als wollte sie sagen, wir haben ihnen nichts zu sagen, den beiden da, Paul und Jeanne.

Paul würde Lorettu gern erklären, wie sehr er sein Spiel bewundert, das dem von Parker so nahekommt, aber, sagt er sich, dann werd ich zwangsweise etwas über Parker sagen, das wird ihm vielleicht nicht behagen, ich selbst habe es gehaßt, wenn man auf Coltrane zu sprechen kam, wenn man über mich sprach, aber es ist immer so, man weiß nicht, was man sagen soll, man kann nur in Vergleichen sprechen, da hält man besser den Mund, aber weil er den Mund nicht mehr halten kann, spricht er Lorettu auf das Spiel des Tenorsaxophonisten an.

Mein Mann spielt auch Tenor, sagt Jeanne, ohne bei Paul auch nur mit Blicken Rückfrage gehalten zu haben. Paul haßt es, wenn Jeanne an seiner Stelle spricht.

Paul hatte daran gedacht, gewiß. Er hatte Lust dazu. Lust, Lorettu zu sagen, ich habe auch Tenor gespielt, nur hätte er es nicht gesagt, aber nun ist es halt gesagt.

Ach so? sagt Lorettu. Ja, ja, sagt Jeanne, ohne Paul antworten zu lassen. Paul wirft Jeanne vernichtende Blicke zu. Cécile sieht Jeanne an. Ihre Tochter sieht Paul an, sagt sich, der ist nicht übel, den geb ich mir. Lorettu auch, und er sagt zu ihm: Und Sie spielten nur so zum Vergnügen, oder? Ein bißchen professionell, sagt Paul, sagen wir halb-professionell. Lorettu schüttelt den Kopf. Ich konnte nie davon leben, sagt Paul. Man krepiert schon eher dabei, sagt Lorettu. Das stimmt, sagt Paul, davor hatte ich Angst. Das wirkt wie eine kalte Dusche. Plötzlich redet jeder von was anderem. Paul atmet auf. Wie durch ein Wunder fallen Paul ein paar Worte für Cécile ein. Ihre Tochter spricht mit Jeanne. Mit einem Ohr hört Jeanne auf das, was ihr die Kleine erzählt. Mit dem anderen, was Paul Cécile erzählt. Lorettu steht auf.

Er geht zwischen den Köpfen der sitzenden Jugendlichen hin und her, kriegt im Vorbeigehen ein paar Puffe, Klapse auf den Rücken, ein paar Geht's gut, Basile?, ungewöhnliche Mädchenblicke, die Blicke, die Mädchen, das freut einen.

Er geht hin und her, wirft ein Lächeln nach rechts, eins nach links, denn auch wenn man, wie Lorettu, ein einfacher Mensch ist, eher bescheiden, so tut es doch gut, und bewegt sich auf eine Gruppe zu, die plaudernd herumsteht.

Der Tenorsaxophonist, den Riemen um den Hals, ein wenig blausüchtig, an die Ritterstatue gelehnt, die mit dem sanften Blick, aber wen schert das schon, hält gerade mit Fernand, Georges und Sophie Konversation, Georges erzählt gewiß seine australischen Abenteuer.

Lorettu klopft ihm auf die Schulter. Der Tenorsaxophonist dreht sich um. Lorettu zupft ihn am Ärmel, nimmt ihn zur Seite, redet auf ihn ein. Der andere hört zu, mit gesenktem Kopf, gerunzelter Stirn, hin und her huschenden Blicken. Lorettu spricht nah an seinem Ohr. Der andere nickt, dann hebt er den Kopf. Lorettu tritt zurück, wobei er sich leicht umwendet, und zeigt dann mit dem Finger diskret auf den Rücken von Paul, der dort sitzt, dann redet er neuerlich auf den Tenorsaxophonisten ein. Der Tenorsaxophonist zuckt mit den Schultern, als wollte er sagen, ja, warum nicht? nein, das stört mich nicht, ja, wenn du willst.

Lorettu lustwandelt den gleichen Weg zurück, aber diesmal mit einem eigenartigen Blick. Als er ankommt, klopft er Paul auf die Schulter. Paul dreht sich um. Lorettu sagt zu ihm: Würde es Ihnen Spaß machen, ein bißchen mit uns zu spielen? Paul spürt, wie er bis zu den Ohren errötet, seltsame Angstattacken krallen sich in seinen Nacken. Aber nein, nein, sagt er, nein, das ist nett, aber nein, ich kann nicht, ich könnt es nicht. Aber ja, sagt Jeanne, geh schon, nimm's an. Misch dich nicht ein, sagt Paul, bitte, ja? kannst du so gut sein? Jeanne spielt die Taube, zum Schein. Das ist eine sehr gute Idee, sagt sie zu Lorettu. Nein, sagt Paul, das ist keine gute Idee, stell dir vor, es ist viel zu lang her, ich hab alles verlernt. Das kommt schnell wieder, sagt Lorettu, also heißt das ja?

Zu diesem Ja nur soviel.

Ohne Cécile, ohne Céciles Gegenwart hätte Paul wahrscheinlich nicht eingewilligt. Aber es war halt so, Cécile war da. Sie hat Paul angesehen mit diesem gewissen Etwas im Blick, das nicht verzeiht, und Paul, der sich angesehen fühlte, hat sich von Céciles Blick einnehmen lassen. Als er zu ihr aufsah, traf Paul diesen trockenen, harten, eisigen Blick; als er die Augen zu ihr hob, als läge es nur noch an ihr, die Entscheidung zu treffen, stieß Paul auf Céciles Verachtung.

Er willigt ein. Er steht auf, sieht Jeanne an, als wollte er sagen, das büßt du mir, Kleine. Cécile sieht Jeanne an. Ihre Tochter sieht Paul an, dann Jeanne, dann Paul. Der folgt Lorettu, das Gehen fällt ihm schwer, seine Beine zittern, gewissen Verurteilten geht es so, man muß sie tragen.

Lorettu führt ihn zum Tenorsaxophonisten, der ihm sofort die Hand reicht. Paul nimmt sie, fühlt die seine ganz feucht in der des Tenorsaxophonisten. Sie spielen also Tenor? fragt ihn der Tenorsaxophonist. Ich spielte, sagt Paul. Ist es lange her? fragt der andere, der mit einem Blick Pauls fortgeschrittenes Alter abgeschätzt hat. Mehr als zwanzig Jahre, sagt Paul. Welche Art? fragt der andere, der bestimmt damit rechnet, daß Paul mit zitternder Stimme auf Coleman Hawkins oder Ben Webster verweisen würde. Die von Coltrane, sagt Paul. Der

Tenorsaxophonist sieht ihn an, als wollte er sagen, na klar.

Er geht sein Sax holen, kommt damit zurück. Paul blickt auf das Sax. Der andere gibt ihm seinen Riemen. Paul legt den Riemen an. Der andere reicht ihm das Sax. Paul nimmt es. Er hatte vergessen, daß es so schwer ist, oder es fehlt ihm ganz einfach die Kraft. Es fällt ihm fast aus den feuchten Händen. Er hängt es ein, hängt es sich um den Hals. Der Riemen schneidet ihm in den Hals. Er schiebt ihn über seinen Hemdkragen. Heute trägt er ein Hemd, ein weißes, und blaue Hosen. Er hat sein Outfit verändert. Als wäre eine Veränderung für ihn möglich geworden. Als hätte, aus gegebenem Anlaß, das Gefühl für Sittlichkeit Flecken auf einem zu lange getragenen Gewand hinterlassen.

Er richtet sich den Riemen her, schiebt ihn zurecht, ziemlich weit unten, so, hier, unter den Augen von Lorettu. Was tun wir mit dem Blatt? fragt Paul den Tenorsaxophonisten. Es ist stark, sagt der Tenorsaxophonist. Ist mir auch recht, sagt Paul, aber ich meine. Ich bin ja nicht aussätzig, sagt der Tenorsaxophonist. Ich auch nicht, sagt Paul, aber. Fangen wir an? fragt Lorettu. Wartet, sagt Paul, laßt mir wenigstens etwas Zeit.

Er nimmt den Schnabel in den Mund, das Rohrblatt ist feucht. Er bläst, bringt keinen Ton hervor, man findet den Ton nicht so leicht wieder nach zwanzig Jahren. Er sucht ihn, seine Finger laufen über die Klappen. Zunächst hört man nur das Geräusch der Klappen, die den Atem zerhacken, dann kommen Noten hervor, immer deutlicher, als Satzfetzen, schnelle Läufe, Arpeggios auf Flageolettönen, chromatische Tonleitern, die sich abwärts stürzen und in den Tiefen aufschlagen oder sich aufwärts schwingen und da oben zum Sturm auf das Allerhöchste ansetzen, da pfeift es ein wenig, aber gut, wird schon gehen, verlieren wir nicht gleich den Mut. Fangen wir an? fragt Lorettu.

Er gibt Georges ein Zeichen, daß sie anfangen, Georges gibt den anderen ein Zeichen, daß es wieder losgeht, Patrick und Nassoy kommen zurück, Claude kippt die Becken um, als er sich hinter seiner kleinen Trommel niederläßt, er zieht an der großen an, Nassoy hebt seinen Baß auf, Georges schüttelt seine Trompete trocken, Patrick sitzt vor dem Piano und biegt sich die Finger zurecht, und Paul? Paul zittert am ganzen Leib, verflucht Jeanne und folgt Lorettu.

Das Stimmengewirr läßt nach. O du Schreck. Die Köpfe wenden sich um, bemerken, daß der Tenorsaxophonist nicht derselbe ist, sagen sich, da schau her, der Tenorsaxophonist ist nicht derselbe, was ist denn das für einer, fragen sich die Köpfe. Jeanne, dort drüben, ist sehr bewegt. Sie ist stolz, Paul wieder mit einem Selmer auf dem Bauch zu sehen. Sie ist ganz rot. Das bringt Cécile zum Lächeln, Jeanne so erröten zu sehen. Jeanne wagt es nicht, sich einfach direkt zum Orchester zu drehen, sie verrenkt sich den Hals, um ihren Paul zu sehen. Letztlich wendet sie Cécile den Rücken zu, dreht sich einfach um. Jetzt warten alle, fragen sich, wer ist der neue Tenorsaxophonist.

Es ist ein Ehemaliger, fast Fünfzigjähriger, der Schiß hat. Was spielen wir? fragt ihn Lorettu. Ich weiß nicht, sagt Paul, etwas Einfaches, einen Blues. Welchen Blues? fragt Lorettu. Einen einfachen Blues, sagt Paul. Now's the time? fragt Lorettu. Bestens, sagt Paul. Georges hat's gehört, er sagt es weiter, setzt sich wieder neben Paul und Lorettu. Paul wagt es nicht, grad vor sich hin zu schauen, er fühlt die Blicke auf sich, hier, genau vor ihm. Lorettu tritt einen Schritt nach vorn. Er hat dieses Lächeln.

Die Ankündigung wird mit Freudenschreien begrüßt. Now's the time ist ein Thema, das die Gabe hat, fröhlich zu stimmen. Tatsächlich, nach Patricks Intro, sobald die Saxophone und die Trompete einsetzen, zerreißt es die Zuschauer vor Freude, da wird geschrien, gepfiffen, die einen stehen auf, winden sich, setzen sich wieder hin, bewegen sich weiter auf ihren Sitzen, klatschen in die Hände, ein spezielles Geklatsche auf zwei-eins-zwei-eins, da sind einige Mädchen, die mit den Fingern schnippen, zarten Fingern, sie beißen sich dabei auf die Lippen und so weiter, alle sind sehr heiter, es ist ein wahres Glück, das hören zu dürfen, Typen, die so spielen, so gut, und solche Typen gibt es massenhaft, Paul war auch so ein Typ.

Es kommt wieder, langsam, nach und nach, er findet es wieder, die Angst läßt nach, schwindet, löst sich auf, was er verloren hatte, verloren glaubte, wovon er überzeugt war, es verloren zu haben, findet sich wieder, man bietet ihm das erste Solo an, er nimmt es an, auf geht's, er fängt an, er legt los, am Anfang schwimmt er ein wenig, aber gleich geht es besser, er spielt immer besser, es ist gut, mehr noch: Es ist gar nicht schlecht, das erstaunt Lorettu, der sich umdreht, die andern ansieht, als wollte er sagen, er spielt gar nicht schlecht, der Alte, er spielt sogar gut, und wie gut der spielt, ein bißchen zu sehr wie Coltrane, aber okay, das macht nichts, das macht Spaß, es stimmt schon, daß man glaubt, Coltrane zu hören, dieselbe Phrasierung, danke, Paul, danke für John (Coltrane), es ist wunderbar, ihn wiederzufinden, derselbe harte, verärgerte, wütende, aufgebrachte Klang, der sich trotzdem in der Gewalt hat, der Körper bewegt sich kaum, man kann nur ein leichtes Beben erkennen, das Sax schön in der Bauchachse, das Gesicht grimassierend und doch erstarrt, nein, nicht im Schmerz, oder doch im Schmerz, in der Lust des Schmerzes, eine wilde Lust, es ist ganz einfach, je länger es geht, desto mehr glaubt man den Trane zu hören, Lorettu kann's nicht fassen, vielleicht hätt ich Tenor spielen sollen, sagt er sich still, während zur gleichen Zeit die Tochter von Cécile.

Ich möchte tanzen, verfickt noch mal, brüllt die Tochter von Cécile. Auf das gebrüllte Wort verfickt hin macht Jeanne einen kleinen Hüpfer. Mama, kommst du, brüllt die Kleine ihrer Mutter zu. Todsicher nicht, brüllt Cécile zurück. In dem swingenden Durcheinander steht die Kleine auf, wackelt mit den Hüften, sie tanzt bereits, beugt sich über Jeanne, brüllt ihr zu: Können Sie Bebop tanzen? Ich konnte es, brüllt Jeanne. Dann kommen

Sie, brüllt ihr die Kleine zu. Sie fängt sie am Arm, zieht sie hoch und hinter sich her, Jeanne läßt sich ziehen, zerrt sie an eine Stelle, wo sie vielleicht werden tanzen können, aber ja, sie werden es können, man tritt zur Seite, um ihnen Platz zu machen, sie umfängt Jeannes Taille, und nach ein paar schnellen Schritten auf der Stelle, zur Einstimmung, wiegt sie sie weiter im Arm.